언제나 우리 사이에는
노래가 흐른다

언제나 우리 사이에는 노래가 흐른다
음악으로 전하는 따뜻한 청춘의 이야기

초 판 1쇄 2024년 05월 08일

지은이 김평안
펴낸이 류종렬

펴낸곳 미다스북스
본부장 임종익
편집장 이다경
책임진행 김가영, 윤가희, 이예나, 안채원, 김요섭, 임인영, 임윤정

등록 2001년 3월 21일 제2001-000040호
주소 서울시 마포구 양화로 133 서교타워 711호
전화 02) 322-7802~3
팩스 02) 6007-1845
블로그 http://blog.naver.com/midasbooks
전자주소 midasbooks@hanmail.net
페이스북 https://www.facebook.com/midasbooks425
인스타그램 https://www.instagram/midasbooks

ⓒ 김평안, 미다스북스 2024, *Printed in Korea.*

ISBN 979-11-6910-638-2 03810

값 17,500원

※ 파본은 본사나 구입하신 서점에서 교환해드립니다.
※ 이 책에 실린 모든 콘텐츠는 미다스북스가 저작권자와의 계약에 따라 발행한 것이므로 인용하시거나 참고하실 경우 반드시 본사의 허락을 받으셔야 합니다.

미다스북스는 다음세대에게 필요한 지혜와 교양을 생각합니다.

음악으로 전하는 따뜻한 청춘의 이야기

언제나 우리 사이에는 노래가 흐른다

김평안

미다스북스

추천사

"사랑을 속삭이는 음악의 환희와 마음이 얽히는 깊은 로맨스가 만난 감동적인 이야기."

● 김형민, (주)일학교 대표 (J1BEATZ 운영사)

"사회에 외롭게 놓인 초년생, 그리고 예술을 사랑하는 사람에게 많은 공감과 위로를 주는 책. 우리가 평소 생각하는 사랑과 예술, 그리고 낭만을 현실에 빗대어 공감을 넘어 영감을 주는 책."

● pearl(펄), 싱어송라이터

"예술에 진심이고 깊은 조예가 담겨 있는 책!!!"

● Cosh(코쉬), 프로듀서

"두 청춘의 아름다운 이야기, 일독을 권합니다!"

● NEWPLE(뉴플) 유튜버, 프로듀서
● keych(케이치), 래퍼, 홍대 ICE, 루치펠 집사카페 점장
● jena powder(제나파우더), 래퍼
● YOUNGWAN(용완), 래퍼
● usiro(유시로), 싱어송 라이터
● 고월, 래퍼
● yunki(윤기), 래퍼
● NAYNE(내인), 래퍼
● 와일드 웨스트 래빗, 래퍼
● Berry, 래퍼
● 밤하늘수아, 아프리카 베스트 BJ

---

verse A

소리의 색
너와 나의 하모니, 음악이 우리를 이어줄 때

소리의 울림　009
소리의 공명　043
소리의 변주　079
소리의 조화　109

verse B

당신이 없으면 모든 것이 회색입니다
일상에서 피어난 사유의 꽃

언어로 노래하고 음악으로 말하다　149
시간 속에 흩어진 감정의 파편들　155
조용한 호수에 떨어진 돌멩이　167
영혼의 지도를 그리며　179
사랑의 다채로운 얼굴　193
자아를 비추는 사회의 거울　207
마음의 도화지　223

verse A

소리의 색

너와 나의 하모니,
음악이 우리를 이어줄 때

소리의 울림

서울, 홍대 한적한 뒷골목의 음악 카페.

1층에 위치한 카페의 겉면은 유리 통창으로 되어 있어 밖에서 내부를 훤히 들여다볼 수 있었다. 가게 안의 모습은 벽면이 전체적으로 화이트톤이었으며, 주로 앤티크한 가구들이 놓여 있었고, 군데군데 액자나 포스터가 장식으로 걸려 있었다.

한 남자가 그곳에서 조용히 피아노를 연주하며 자신만의 세계에 빠져 있다. 그의 손가락은 건반 위에서 때론 부드럽게, 격렬하게, 우아하게 미끄러지며 음정마다 감정을 실어 보내고 있었다. 지금 연주하고 있는 곡은 쇼팽의 녹턴이다.

남자의 이름은 김윤휘. 현재 나이는 만 23세.

음악은 그에게 있어 가장 솔직하고 순수한 자기표현의 방식이다.

영감이 잘 떠오르지 않을 때면 공원에서 산책을 하고는 했다. 보통은 밤 시간대였다. 그렇게 걷다 보면 어떤 구절이나 생각들이 잘 떠오르곤 하는데, 그때마다 멈춰서 폰을 꺼내 메모를 했다. 그렇게 내 아이폰 메모장은 정리되지 않은 편린들로 하루하루 쌓여갔다.

어느새 3천 개가 넘는 메모를 썼을 때쯤, 깨달은 사실이 있었다. 사실 이런 일들이 별 쓸모가 없었다는 것이다. 내 생각을 정리하기 위한 개인적인 글이라 대부분 남한테 보여주기 부끄러운 글이었다. 남들에게 보여주지 못한다는 건 남을 위한 글을 쓸 수 없다는 것이고, 상품이 될 수 없다는 것인데 그렇다면 그게 무슨 소용이 있을까 싶었다.

왜냐하면 나는 어렸을 때부터 작가가 되고 싶었다. 팔리는 글을 써야 먹고살지 않겠는가. 그래서 이에 대한 고민은 더욱 깊어졌다.

경험상 짧은 글을 쓰는 것과 책 한 권을 쓰는 것은 차이가 컸다. 내가 말하고 싶은 메시지는 대개 간단한 데 비해 시중의 대부분의 책들은 300페이지가 넘었다. 그만한 분량을 무슨 얘기로 채워야 할까? 감조차 안 잡혔다.

순간순간 떠오르는 감정과 기억들과 생각들을 어떻게 얘기해야 할까.

여기까지 생각이 미쳤을 때, 머릿속에 한 가지 장면이 떠올랐다.

고등학교 2학년 때, 부모님이 운영하는 카페에서 우연히 듣게 된 한 피아니스트의 연주였다. 그 연주가 너무나 감동적이어서, 그 자리에서 생각했다. 나도 사람들의 마음을 움직일 수 있는 사람이 됐으면 좋겠다고.

그때의 기억으로, 나는 음악을 해야겠다고 마음먹게 됐다.

내가 스물한 살이던 해의 겨울이었다.

어렸을 적, 우리 가족은 대전에 있었지만 내가 중학교를 입학하면서부터 서울로 이사 왔다. 부모님은 내가 태어나기 전 형편이 좋지 않아서 아이를 갖지 않다가 나중에 잘 풀리면서 내가 늦둥이로 태어났다고 했다.

지금 우리 가족은 홍대에서 작은 음악 카페를 다 같이 운영하고 있다. 집안 자체가 예술을 좋아해서 엄마도 아빠도 내가 글을 쓰거나 음악을 한다는 걸 알게 됐을 때 지지해주었다. 그렇지만 사실 내가 하는 걸 잘 몰랐으면 했다.

누군가 내 행동을 본다는 것을 인식할 때마다 나는 갑자기 뚝딱이가 돼 버리곤 한다. 그래서 혼자만의 공간에서 자기만의 일에 몰두하는 활동을 좋아하게 된 게 아닐까.

난 사회 부적응자다.
예술을 통해 자신을 표현하는 것은 나의 생각과 감정을 드러내는 것이므로 때로는 발가벗은 것만큼이나 부끄러운 일로 느껴지기도 한다.
'내가 이런 사람임을 알게 된다면 다른 사람들은 어떻게 생각할까?'라는 생각이 들 때도 있지만, 나 자신을 잃고 싶지 않아 신경 쓰지 않으려 한다. 사람들이 나를 어떻게 생각하든 그들의 시선을 의식하고 싶지 않다. 사람들은 날 이상하게 쳐다보기도 했지만 '그냥 이게 나야. 이게 멋있는 거야.'라고 생각하면서 아무렇지 않은 척 뻔뻔하게 행동하기도 한다. 적어도 의식적으로라도 그렇게 생각하려 해왔다.
나는 늘 혼자였다. 타인과의 교류보다는 고독 속에서 자유를 느꼈다. 요즘은 집에서 혼자 인터넷을 하며 음악을 듣는다. 학교에서는 조용히 책을 읽으며 시간을 보냈던 아이였다. 친하게 지내는 친구는 많지 않았고, 애들이랑 대화도 잘 하지 않았다.

정말 많이 듣던 질문이 "무슨 생각을 하냐?"였고, 어떤 어른은 "윤휘는 속을 알 수 없어서 위험하다"며 다른 아이들에게 말했다고 전해 들었다. 나는 표현을 잘 못하고 말을 잘 못하는 편이다. 내게 가장 편한 소통 수단은 글과 음악이다.

학교라는 광장과 내 방이라는 밀실을 오가며 생활하다 보니, 졸업 후 더욱 깨달았다. 나는 어디에 있든 항상 혼자였다는 걸. 혼자가 아닐 때도 혼자였다는 사실은 변함없었다. 사람들은 나에게 관심이 없고, 내가 어떤 사람인지에 상관하지 않았다. 내 신분과 외양이 사회에서의 나이기 때문이다.

이 사실들을 깨닫는 것은 오히려 나에게 자신감을 주었다. 자아를 표현하는 것에 대한 두려움이 사라졌다. 신경 쓰고 전전긍긍할 필요가 없었다. 명함을 잘 꾸민다면, 남들이 보기에는 그것으로 충분했다.

내 작업실은 부모님이 운영하는 음악 카페에 딸려 있는데, 바를 지나서 구석에 있는 문을 열면 내 작업실이다. 폭은 넓지 않지만 길이가 긴 직사각형 모양의 공간이다.

요새는 다음과 같은 루틴으로 살고 있다.

유튜브나 넷플릭스 같은 OTT 사이트에서 적당히 재밌는 영상을 틀어놓고 밥을 먹는다. 밥 먹었으니까 식후땡으로 담배 한 대 피우고 나서 작업실로 돌아와 쉰다. 쉬면서는 게임을 하면서 음악을 듣는다. 그러다 가끔 내킬 때 깔짝깔짝 작업을 하곤 한다. 이게 보통날이다.

그러던 어느 날이었다. 여느 때와 다를 바 없는 하루를 보내던 중이었는데, 무슨 바람이 들었는지 제주도행 비행기를 예매했다. 도시에 살다 보면 아마 다들 한번씩 이런 생각을 하겠지. 어딜 가든 사람이 많고 빌딩 숲이 답답하게 느껴진다느니 하는 뭐 그런 맥락에서다. 나는 밖을 잘 나가지도 않았지만, 그냥 잠깐 벗어나 있고 싶었다.

제주도. 넓은 풀밭에 하늘은 청명했다. 그곳의 따뜻한 햇살과 선선한 바람은 온몸을 부드럽게 감싸고 돌았다.

"역시 제주도야. 진짜 숨통이 트인다. 트여."

가방을 메고 밀짚모자를 쓴 긴 머리카락의 한 여성이 풀밭을 지나고 있다.

이 여성의 이름은 백세린. 현재 나이는 만 20세이다.

"어? 찾았네? 저긴가 보다~."

걷던 중 어느 카페를 발견하고는 휴대폰을 꺼내 사진을 보더니 SNS에서 미리 알아봐둔 카페와 같은 곳임을 확인하고 그곳으로 걸어갔다.

카페의 벽면은 유리 통창으로 되어 있고 나무 테라스 공간도 있었다. 자연 친화적인 인테리어가 제주도의 자연환경과 너무나도 잘 어우러지는 사진 찍기 좋은 멋진 카페였다. 카페 안은 사람으로 가득했고 남은 자리가 없었다. 세린은 아이스 아메리카노를 받아서 들고는 테라스 좌석에 앉아 폰을 보며 잠시 쉬었다 가기로 했다.

10분쯤 지났을까. 사람들의 대화 소리로 웅성거림이 끊이질 않던 카페 안이 갑자기 조용해진 걸 느꼈다. 무슨 일인가 싶어 안을 바라보았다. 피아노 소리가 작게 들렸는데, 소리가 들리는 가게 안쪽을 바라보니 피아노 앞에서

한 남성이 연주를 하고 있었다.

세린은 피아노 연주를 듣기 위해 잔을 손에 들고 카페 안으로 들어갔다. 남성이 연주하는 곡은 엘비스 프레슬리의 〈Can't Help Falling In Love〉였다. 백세린을 포함한 대부분의 사람들은 그 곡을 몰랐고, 그저 그의 감미로운 연주를 감상하며 슬며시 매료되었다. 그 곡은 이런 분위기의 카페에 잘 어울리는 곡이었지만 왠지 특별하게 다가왔다. 차분하면서도 고독하고 슬픈 느낌이 전해지는 듯했다. 연주하는 그의 눈은 감겨 있었고, 얼굴에는 평화롭지만 애절한 표정이 떠올랐다.

백세린은 음악에 열정이 있고 평소에도 많은 음악을 듣는 여자였다. 그녀는 유튜브에도 커버 곡을 올리곤 했다. 세상 좋은 음악은 어지간히도 들어봤건만, 남자의 연주는 그녀가 경험한 것 중에서도 특별했다.

어느새 백세린은 그의 연주에 마음을 빼앗겼고, 숨을 죽이고 듣고 있었다. 그건 그 자리에 있던 다른 사람들도 마찬가지였다.

연주의 마지막 음이 사라지자 그 남자는 한숨을 쉬며

눈을 떴고, 자신도 모르게 연주에 완전히 몰입했음을 깨달았다. 사람들은 박수를 쳤고, 남성은 수줍은 미소를 지으며 주변을 보다가 백세린과 눈이 잠시 마주쳤다.

눈이 마주치던 그 순간, 그녀는 그와 대화를 나누고 싶다는 충동을 느꼈다.

그는 더 이상 연주를 하지 않고 가게 사장님에게 피아노 치는 것을 허락해 주셔서 감사하다고 말하며 짐을 챙겨 문밖으로 나왔다.

"저기요!"

그녀는 아무 주저 없이 그의 뒷모습을 따라가며 얘기했다. 그녀의 목소리에 그는 뒤를 돌았고, 서로 얼굴을 마주보게 되었다.

"네?!"

"잘하시는데요? 저 감동받았어요."

그는 떨떠름한 반응을 하며 감사하다는 말을 했다. 세린은 단번에 그가 내성적인 성격이라는 것을 직감했다. 반면, 백세린은 밝고 활발한 성격으로, 새로운 사람들과 만나는 것을 두려워하지 않았다.

"멋있었어요. 여기서 자주 연주하세요?"

"아 … 아니요 … 처음이에요. 피아노도 있고 여기 분위기가 좋아서…."

그는 어색하게 허공을 쳐다보았다.

"아~ 혼자 여행 오셨나 봐요. 저도 혼자인데."

"아아 … 네."

"저도 음악 좋아해요. 잠깐 시간 돼요?"

"네. 뭐 … 네."

그는 머리에 손을 대며 멋쩍게 웃어 보였다.

"그럼 같이 걸으면서 얘기할까요? 이름이 뭐예요? 저는 백세린이에요."

"아. 백세린이요? 저는 김윤휘라고 해요. 네. 대화 좋죠. 저도 심심했었는데."

둘은 걸으면서 대화를 시작하게 됐는데, 세린의 일방적인 질문 공세가 쏟아졌다. 윤휘는 처음엔 긴장하고 어색한 기색이 역력했지만 계속되는 질문에 답하다가 점점 말문이 트였다. 그녀의 질문은 아까 연주한 곡은 뭐냐, 피아노를 언제부터 쳤느냐, 작곡도 하느냐 등이었다. 김윤휘는 백세린에게 느껴지는 밝은 에너지와 열정에 끌리면서, 자신도 모르게 마음의 문을 열고 있었다. 백세린은 묻는 말에 성심성의껏 답변하려는 윤휘의 섬세함과 깊이에 미묘한 호감을 느꼈다. 상반된 성격이었지만, 그런대로 대화는 술술 이어졌다. 나중엔 백세린이 말도 편하게 하자고 하여 말도 서로 놓게 됐다.

"그래서 그렇게 된 거거든~."

"아아 그렇구나. 세린아, 근데 나 이만 가봐야 할 거 같아."

"아 그래? 그래 그럼. 우리 인스타그램 맞팔 할까?"

"어 … 응 … 그래."

세린의 제안에 둘은 SNS를 교환했다. 윤휘는 세린의 프로필에 있는 유튜브 링크를 눌러보았는데, 그것을 보고는 흥미롭다는 듯이 얘기했다.

"유튜브 구독자가 8천 명이야 …?"

"아. 하하. 커버 영상 올리다 보니 영상 몇 개가 조회 수가 잘 나와가지고."

"숙소로 돌아가서 한번 볼게. 고마워. 오늘 얘기 재밌었어."

훈훈한 분위기로 두 사람의 대화는 그렇게 마무리되었고, 다음에 언젠가 다시 만나기를 기약했다.

부산 서면 거리. 부산은 백세린의 본가가 있는 곳이다.

그녀는 젊은이들이 가장 많이 찾는 번화가인 서면의 한 술집에서 친구들을 만나 수다를 떨고 있다. 부산에서 대학을 다니는 한 친구는 최근 서울의 대학으로 편입을 결정하고 자취방을 찾아볼 계획이라며 설레는 마음을 공유했다.

"그래서 이번 주말에 서울 가서 방 좀 알아볼 거야."

그날 백세린이 기대하던 뮤지컬 공연도 서울에서 있을 예정이었다. 친구의 서울 방문 계획을 듣고는 같이 가자고 제안했다.

"진짜? 마침 잘됐네! 나도 서울 가고 싶었어. 같이 갈래?"

그리고 방은 어디로 잡을 건지 물어보니 마포구 쪽이라고 하는데, 그 순간 세린은 홍대 근처에 살고 있는 김윤휘를 떠올렸다. 잠깐 그 생각이 머리에 스쳤지만 다시 대화에 집중했다.

친구가 부동산 중개 앱에 있는 사진을 보여주자 친구들의 대화에서 서울의 높은 생활비에 대한 걱정과 농담이 오갔다. 지현은 왠지 고립감을 느끼며 세린에게 장난스럽게 말했다.

"세린아, 그냥 우리 같이 서울 살면 안 될까? 나 외로울 거 같아. 같이 투룸 잡자."

세린은 이 제안을 신중히 고려해 보겠다고 답했고, 즐겁게 다른 얘기들을 이어가며 재밌는 시간을 보냈다.

그날 밤. 집으로 돌아온 세린은 친구의 말을 떠올리며 고민했다.

"일단 공연이나 먼저 예매해야겠다."

그녀가 뮤지컬을 예매하려고 컴퓨터를 켰다. 백세린은 뮤지컬이나 연극 공연을 보는 것을 좋아하는데, 고등학생 때까지는 뮤지컬 배우가 꿈이었다. 지금은 현실적인 문제로 포기한 상태지만, 노래를 부르는 것 자체는 계속하고 있다. 유튜브에 커버 곡 영상을 올리는 게 그녀의 주된 음악 활동이었다. 자신만의 음악을 하고 싶은 생각은 있지만 작곡을 해본 적은 없기에 하지 못했다. 그래서 작곡 능력이 있어 보이는 김윤휘에게 큰 관심을 보였던 것이었다.

"전화해 볼까?"

세린은 인스타그램 디엠 창을 열어 김윤휘에게 전화를 걸었다. 잠시 뒤 김윤휘는 전화를 받았는데, 목소리가 약간 어색했다. 바로 전화를 받을 수도 있었지만 조금 뜸을 들인 듯했다.

'이미 친해진 줄 알았는데, 시간이 얼마나 지났다고.'라고 세린이 속으로 생각했다

"주말에 뭐해? 나 서울 가는데 혹시 뮤지컬 보는 거 좋아해? 같이 보러 가자. 만나서 얘기도 하고."

김윤휘는 밖을 잘 나오지 않기에 그런 공연을 직접 보러 간 경험은 없지만, 언제 이런 경험을 해 보겠나 싶어 알겠다고 했다.

"그래 알겠어. 두 장 예매할게. 그럼 그때 봐~."

따스한 봄기운이 감도는 어느 날. 서울 서대문구의 한

극장 앞. 청명한 하늘 아래 건물 입구 그늘에서 백세린은 폰을 붙잡고 김윤휘를 기다린다.

"어디쯤이야?"

"응 … 거의 다 왔어."

그때 건너편 횡단보도 쪽으로 무심하게 걸어오는 김윤휘를 발견하고는 전화를 끊고 손을 흔들었다. 만나자마자 백세린은 잘 지냈냐는 가벼운 안부를 물으며 둘은 건물 안으로 들어섰다.

오랜만에 본 까닭인지 다시 말수가 적어진 김윤휘였다.

또다시 백세린의 일방적인 질문에 그가 대답하는 식으로 둘의 대화는 이어졌다. 백세린은 설렘 반, 기대 반으로 김윤휘에게 오늘 관람할 뮤지컬에 대해 열정적으로 설명하기 시작했다. 작품의 후기와 평점은 어떻고, 음악이 좋다더라, 배우들이 연기를 잘한다더라 등의 얘기를 하며 기대를 감추지 못했다. 별생각이 없던 김윤휘는 얘기를 들으며 그래도 조금은 흥미가 생긴 듯한(?) 반응을 보였다.

극장 안에 잠시 앉아 있자 극장 안은 어둑어둑해지고,

조명이 꺼지면서 무대의 첫 번째 장면이 펼쳐지기 시작했다. 뮤지컬의 장면마다 흘러나오는 음악과 노래, 배우들의 감정이 담긴 연기는 백세린을 완전히 매료시킨 듯 보였다. 그녀는 눈을 반짝이며 각 장면을 즐기다가도, 간간이 김윤휘를 바라보며 그의 반응을 살폈다. 김윤휘 역시 음악과 배우들 연기의 조화, 무대 세팅들을 살펴보며 집중하는 모습을 보였다. 이런 공연을 본 경험이 없던지라 생경했던 그에겐 색다른 경험이 되었을 터이다. 뮤지컬의 대략적인 내용은 주인공이 안정적인 삶을 버리고 모험을 하는 내용이었는데, 주인공이 자신의 꿈을 향해 나아가는 결정을 내렸을 때, 백세린은 자신도 모르게 마음이 뭉클해지며 눈가에 눈물이 맺혔다. 공연이 끝나자 둘을 포함한 극장 안의 대부분의 관람객은 인사하는 배우들에게 박수를 쳤다.

두 사람은 극장을 나와 가까운 카페로 장소를 옮겨 자리를 잡았다. 음료를 받아서 들고 온 백세린은 자리에 앉아 뮤지컬의 감동적인 장면들과 자신이 느낀 감정들을 김윤휘와 공유하기 시작했다.

"나 아까 보면서 되게 많이 느꼈던 부분이 뭐냐면 … 내가 겁이 너무 많은가 봐. 중요한 결정을 잘할 수 있는 사람을 보면, 뭐랄까 … 좀 부럽기도 하고 대단하기도 하고 그냥 … 나는 잘하고 있는 건가 싶어."

"음….".

김윤휘에게도 그 장면은 강렬한 기억으로 남아 있었기에, 이해한다는 듯 나지막이 고개를 끄덕이는 반응을 보였다.

"응?"

리액션이 고작 그거뿐이냐는 눈치였다. 김윤휘는 살짝 당황했다.

"아, 아니 … 좀 생각하느라 … 뭐 … 내가 생각하기엔 불확실한 일을 하는 사람들은, 그냥 하고 싶어서 하는 걸 거야. 다 그렇지 않을까? 잘될지 안될지 처음부터 알 수 없으니까. 꼭 잘된다는 보장이 없지만, 그냥 하고 싶으면 그걸 해야 할 이유를 찾기도 하는 거 같아. 이건 반대의 경우도 마찬가지고. 아 뭔가 또 생각이 많으면 그럴 수 있지. 이것저것 생각하다 보면 결국 안 하게 되기도 하고 … 그런 거 같아."

"윤휘 너는 평소에 생각이 좀 많은 편이야?"

"뭐 … 그런 편인가? 생각해 보니까 조금 그런 편인 듯해. 왜?"

"음. 사실 나도 음악이 하고 싶거든. 내가 노래 부르고 춤추는 걸 좋아해서 뮤지컬 배우가 되고 싶었는데 지금은 포기했어. 부모님도 날 그렇게 잘 못 믿어주셔. 근데 아까 공연의 주인공도 왠지 나 같다고 느껴져서 좀 마음이 그랬던 거 같아. 그 사람은 결국 안정적인 삶을 벗어나서 되고 싶은 사람이 되었잖아? 나는 어떻게 하는 게 맞는 걸까 싶어."

김윤휘는 빨대에 입을 가져다 대고 음료를 한 모금 빨면서 생각했다. 답이 정해진 질문 같았다. 이 상황에서 자신에게 믿음을 줬으면 하는 게 아닌가 하고. 남의 의견에 좌우지되기 쉬운 성격일까 하는 생각이 머릿속에 잠시 지나갔다. 그리고는 입꼬리가 살짝 올라갔다.

"그렇구나 … 뮤지컬 배우라. 멋진데. 무슨 노래 좋아하는데? 아니면 좋아하는 가수 있어?"

김윤휘가 물었다.

"좋아하는 노래? 너무 많은데? 으음~ 일단 뉴진스 같은 여자 아이돌도 좋아하고 … 록이나 팝 펑크도 좋아하는데 이 장르는 유튜브에서 플리로 많이 찾아 듣는 편이야. 그중에 에이브릴 라빈이나 마이케미컬 로맨스나 뮤즈 … 또 그리고 뭐가 있지? 일단 외국에서는 이 정도고 백예린이랑 윤하도 되게 좋아해."

김윤휘는 듣는 내내 적당히 고개를 끄덕이며 응응 거리는 리액션을 했다.

"역시 성격처럼 밝은 음악 좋아하는구나. 그런 장르는 제이팝에도 많은 거 같던데 들어본 적 있어?"

"아 맞네~. 나 제이팝도 진짜 좋아해서 플레이리스트 진짜 저장해 두고 보거든. 근데 너도 다양하게 듣는구나. 의외다. 넌 약간 되게 클래식 쪽? 아님 발라드 같은 거 할 것처럼 보이는데."

"아. 나도 요즘 유행하는 음악 많이 들어. 나도 Z세대야. 힙합도 듣고 인디도 듣고 다 들어."

"그래? 그럼 너는 누구 좋아해?"

이번엔 백세린이 역으로 질문했다.

"나도 댄스음악이나 에너지 있는 노래 좋아하지만 좀 더 서정적인 결을 좋아해. 슬픈 게 나랑 좀 맞는 거 같아. 그래서 너가 말한 발라드도 취향이긴 해. 쇼팽이나 이루마의 피아노곡도 좋아했었고. 근데 이건 좀 되게 의외일 수 있겠지만, 내가 예전엔 힙합을 전혀 안 들었는데 어느 순간부터 서정적인 힙합곡도 많이 나오더라고."

"emo 힙합?"

"응. 요즘엔 오히려 그런 걸 더 많이 듣는 거 같아. 트리피 레드, 포스트 말론, 주스 월드, 릴 우지 버트 좋아하고. 밴드 음악 많이 하는 이안 디올이나 머신 건 켈리도 좋아하고. 그렇다고 무슨 힙스터병 걸린 것처럼 외국 노래만 듣는 건 아니고 감성 힙합도 자주 들어. 나 정도면 그래도 꽤 대중적인 귀라고 생각해. 아 그리고 요즘엔 알앤비도 좀 듣는 거 같아."

"너 그거 알아?"

"응?"

"너 오늘 지금이 말 제일 길게 한 거. 너 말 많이 할 수 있는 애였구나. 자기 관심사 나오니까 술술 얘기하는 것 봐."

"하하 그런가."

윤휘는 머쓱한 표정을 지었다.

"그래. 묻는 말에만 대답하지 말고. 맞다. 너 작곡한다 했었잖아. 들려줄 수 있는 거 있어? 나 들려줘."

"지금? 아 … 잠시만 찾아볼게."

김윤휘는 이어폰을 귀에 꽂고 핸드폰에 저장된 파일을 하나씩 들어보더니, 잠시 뒤 이어폰 한쪽을 내밀었다.

"일단 이거 한번 들려줄게. 근데 이것도 좀 감성적이긴 해."

김윤휘와 백세린은 그 파일을 같이 들어보았다. 100bpm에 감성적인 기타 리프에 밴드풍의 드럼을 얹은 비트였다. 백세린은 곡의 첫 파트를 듣자마자 괜찮다고 얘기했다. 그리고는 작은 소리로 떠오르는 멜로디를 흥얼거려보았다.

"야 이거 내가 써놓은 가사로 해보면 좋을 수도 있겠는데? 기다려봐."

백세린은 핸드폰 메모장에 있는 가사를 찾더니 자신이 쓴 가사를 반주에 맞춰보았다. 그렇게 잠깐의 시간이 흘렀다.

"한번 해볼게. 틀어봐."

세린의 말에 김윤휘는 재생 버튼을 눌렀다.

baby don't leave me~ (oh~)
너가 없음 안 될 거 같아~ (hmm~)

앞으로는 아무것도 난 몰라~
확실한 건 너가 없으면 안 될 것 같아.

불안하고 나약한 나지만 말야
괜찮아 너가 옆에 있어준다면 말야

그대로만~ 그대로만~

있어주면 돼~ 이대로만~

기억하니 그땔~ (know~)
날 안아줬던 그때~ (yeah~)

곁에 있어줘~
떠나지 말아줘~

you know how I feel. you will never leave in my heart~
oh~~ no~~ oh~~

…(생략)

윤휘의 반응은 긍정적이었다.

"나쁘지 않은데? 너가 생각하는 밝은 느낌이 아닐 거 같아서 괜찮을까 싶었는데 이런 느낌도 잘 소화하는 거 같아. 이렇게 짧은 시간에 한 거치고 정말 잘한 거 같아. 이게 그나마 드럼이 다이내믹한 거 같아서 골랐던 거였는데, 앞으로 너에게 어울릴 만한 곡을 더 준비해 봐야겠다."

직접 짓고 부른 노래를 남에게 들려준 경험이 적은 백세린은 수줍은지 머쓱한 미소를 지었다.

"진짜? 좋게 들어서 다행이네. 곡은 그냥 너가 하던 대로 계속 만들어. 난 음악을 제대로 하게 될지도 모르는데."

"이 정도 실력이면 그냥 해봐도 되겠는데? 왜?"

"하고는 싶은데 확신이 없어. 내가 잘될 수 있을까 싶고. 음악적 지식이 많은 것도 아니어서.

취미로는 해왔는데 제대로 하기에는 걱정이 되니까."

그 말에 김윤휘는 생각했다. 내가 실력을 칭찬하고 음악을 제대로 해보라고 권하면 한다고 할 것 같다. 하지만 그럼 이 여자의 미래를 내가 너무 바꿔버리는 게 아닐까? 이런 결정은 본인이 본인 생각으로 해야 할 텐데. 하지만 아무래도 아깝다.

"그럼 지금 음악을 안 하면 10년, 20년 뒤에 후회할 거 같아?"

"응 그치? 그럴 거 같아."

"그럼 하고 싶으면 해야지. 아직 어리잖아. 해봐 한번. 내가 도와줄게. 아니 그냥 나랑 같이 음악 해볼래? 마침 플레이어를 구해야 하긴 했거든."

"진짜? 알겠어! 그럼 이거 2절까지 완성해 볼게."

백세린은 기다렸다는 듯 그의 제안을 덥석 승낙해 버렸다. 남의 의견에 쉽게 흔들리는 타입이었나 싶었는데 왠지 그 생각이 맞는 것 같았다.

"아 맞다. 근데 있잖아. 너 집에서 녹음은 할 수 있어? 시퀀서랑 오인페랑 마이크는 있어?"

"아니 … 그런 걸 잘 몰라가지구 … 유튜브에 커버 영상은 올리니까 녹음을 하긴 하는데, 마이크는 별로 안 좋고 시퀀서도 밴드랩(무료 음악 제작 프로그램) 써."

"그럼 내가 쓰는 작업실 올 수 있으면 알려줄게. 아 근데 너가 부산 사니까 거리가 먼 게 좀 걸리네…."

윤휘는 그렇게 말하며 고심하는 표정을 지었다.

"아 나 친구랑 같이 서울에서 지내게 될 수도 있어! 친구랑 동거할지 생각해 보는 중이었는데, 그럼 내일 너 작업실에 일단 가볼게. 내일 생각하려고."

시간이 흐르고, 백세린과 김윤휘는 그날 밤 만들어낸 결과물에 만족하며 이별했다.

"앞으로 기대되네. 작업실 위치는 카톡으로 보내줄게. 내일 연락할게. 잘 가."

"응 나도 진짜 너무 많은 걸 얻고 가는 거 같아. 진짜 만나길 너무 잘했다."

백세린은 돌아가는 지하철 안에서 핸드폰도 보지 않고 무언가를 생각했다. 그리고는 친구에게 전화를 걸었다.

"지현아. 나 생각해 봤는데 우리 그냥 같이 살자."

"엥 갑자기? 뭐야. 일단 와서 얘기해. 언제 와?"

"금방 갈게. 한 20분? 걸릴 듯?"

다음 날. 서울 홍대의 어느 골목. 김윤휘의 부모님이 운영하는 음악 카페 내부의 작업실. 둘은 저녁 시간이 되어서야 만났다. 만나자마자 김윤휘는 여기가 작업실이라며 짧은 소개를 하고 커피를 타 왔다. 김윤휘는 컴퓨터 앞 의자에 기대앉고, 백세린은 소파에 앉은 채로 둘의 대화는 시작됐다.

"윤휘야 작업실 좋다~. 생각했던 것보다 너무 잘돼 있는데? 아. 내가 오늘 낮에 친구랑 부동산 갔다 왔는데~ 괜찮은 방이 있어가지고 아마 앞으로 서울에서 좀 지낼 거 같아."

"진짜? 너무 잘됐다. 그럼 만나서 곡 만들고 녹음도 편하게 할 수 있겠네. 진짜 잘됐다."

대개 건조한 말투였던 김윤휘 치곤 꽤 감정을 살린 흔치 않은 리액션이었다.

"으응. 그니까."

세린도 감정이 크게 동한 듯한 표정을 지었다. 김윤휘는 컴퓨터 화면을 켜고 미디 프로그램을 켰다.

"일단 오늘은 녹음을 한번 해보자. 그전에 기초적인 것들만 하나씩 차근차근 알려줄게. 진짜 간단해."

김윤휘의 작업실에는 녹음을 할 수 있는 마이크가 세팅되어 있었고, 오토튠이나 믹싱에 필요한 플러그인들도 설치되어 있었다. 좋은 녹음 환경을 갖추고 있다고 볼 수 있다.

"근데 너는 노래를 부르지 않는데 마이크는 왜 있는 거야?"

세린이 물었다.

"아 그게. 작곡을 하면서도 녹음이 필요할 일이 있어. 멜로디를 불러보고 그 멜로디로 작곡을 할 때도 있어서."

"음 그렇구나~."

김윤휘는 한 프로젝트 파일을 클릭해 실행하더니 백세린에게 각종 믹싱 플러그인을 설명하기 시작했다.

"이렇게 EQ를 걸면 목소리가 더 맑게 들릴 거야. 그리고 여기 리버브를 먹이면, 공간감이 생겨 노래가 더 풍부해질 거고."

간단한 강의를 하느라 시간은 흘렀고, 백세린은 녹음하는 방법과 오디오 인터페이스 작동법 같은 협업을 하는 데 있어 필요한 정보를 숙지하게 되었다. 백세린은 처음엔 다소 복잡해 보이는 소프트웨어와 기기들에 압도당하는 기색이었으나, 김윤휘의 친절하고 차분한 설명에 점차 이해하기 시작했다.

"아, 응응. 이제 좀 알 것 같아. 정말 신기하네, 이렇게 목소리를 다양한 방식으로 표현할 수 있다니. 완전 알겠어."

김윤휘는 백세린이 점차 녹음 과정에 흥미를 느끼고 있

음을 알아차렸다.

"좋아. 그럼 이제 첫 녹음을 시작해 보자."

시간은 늦은 밤으로 흘러갔고, 카페의 나머지 공간은 이미 조용해졌다. 하지만 작업실 안에서는 두 사람의 열정이 여전히 뜨거웠다. 김윤휘와 백세린은 음악에 대한 자신들의 아이디어를 나누며, 때로는 토론하고 때로는 서로를 격려하며 곡 작업에 몰두했다. 김윤휘가 녹음 버튼을 누르면 백세린은 노래를 불렀다.

"please tell me 말해줘 내게~ um~

넌 내게 말했었지 너무 생각이 많아~ uh~"

"오케이 감정 좋고. 이걸로 세이브 해야겠다. 아, 이 라인 너무 좋은데?"

"진짜? 고마워. 확실히 비트가 좋으니까 멜로디도 잘 나온다."

화면 속 트랙 파일 수는 어느새 가득 채워졌고, 둘은 노래를 재생하며 결과물을 체크해 보았다.

"이 정도면 된 거 같아. 애드리브 부분 믹싱이랑, 비트는 내가 마지막으로 좀만 더 손보고 있을 테니까 잠깐 쉬고 있어."

그렇게 말하며 김윤휘는 모니터링용 헤드폰을 머리에 썼다. 백세린은 알겠다고 대답하며 기지개를 켰고, 소파로 가서 기대 누워 폰을 보며 시간을 때웠다. 그렇게 아무 말 없이 잠깐의 시간이 흐른 뒤였다.

"이제 거의 다 됐어, 세린아. 어떻게 생각해?"

김윤휘는 헤드폰을 책상 위에 내려놓으며 지친 듯한 목소리로 물었다. 그 소리에 세린은 고개를 돌려 윤휘를 쳐다보고는, 일어나서 윤휘 옆에 앉았다.

"오케이 들어보자."

윤휘가 스페이스 바를 누르고 두 사람은 곡을 같이 처음부터 끝까지 들어보았다.

"윤휘야. 진짜 잘했는데? 나 진짜 음원 듣는 줄 알았잖아. 너무 재밌다 진짜."

그제서야 윤휘는 얼굴을 폈고 둘은 서로를 바라보며 만족스러운 미소를 나눴다. 지난 몇 시간 동안 자신들만의 세계에 빠져 음악을 만들어냈고, 머릿속 결과물은 마침내 현실이 되었다.

"이거 싱글로 내자. 어때?"

김윤휘가 제안했다. 백세린은 흥분을 감추지 못하며 고개를 끄덕였다.

"응. 그럼 이게 우리 시작이네."

소리의 공명

서울 홍대의 어느 아트 갤러리. 백세린과 김윤휘는 이 날 아트 갤러리에서 열리는 전시회에 방문했다.

"너 이런 곳도 보고 다녀? 되게 의외다."

백세린의 목소리는 호기심 가득하고 장난기 어린 어조였다.

"무슨 곡을 만들지 아무리 생각해 봐도 아무것도 안 떠오를 때가 있어. 그럼 나는 선택을 하지. 우선, 그냥 적당한 샘플을 찾아서 비트를 만드는 거야. 아니면 레퍼런스를 하나 잡아서 비슷하게 만드는 거지. 이게 빠르긴 한데 그냥 공장처럼 찍어내는 양산형 곡이 되기 쉬운 거 같아, 음 … 그래서 여길 온 거야."

"새로운 곡에 대한 영감을 얻으려고?"

"영감을 찾는다고 하니까 내가 무슨 고상한 예술가인 체한다고 생각할 수도 있는데, 주제를 잡는다는 게 … 그니까 되게 중요해. 시간도 되게 오래 걸리고. 막상 만드는 건 별로 안 걸리거든. 근데 무엇을 만들지 정하는 게 좀 시간이 걸리는 거 같아. 그니까 … 만약에 어떤 한 구절이나 한 단어가 있잖아. 약간 그런 거나. 아니면 어떤 기억이나 이미지? 장면? 같은 거. 그런 거 봤을 때 주제가 더 잘 떠오르는 거 같고, 아예 그거를 주제로 정해 버릴 때도 있어."

"아~ 그래? 오 그거 되게 괜찮은 생각이다~."

백세린은 그동안 김윤휘가 보여준 조심스럽고 신중한 모습 이면의 열정과 창작에 대해 진지함에 새삼 놀랐다.

"응응. 그니까 … 곡을 만든다는 게 어떤 작은 아이디어부터 시작해서 화음을 쌓고 쌓고 하다 보면 만들어지는 거라고 생각해."

"음~ 그래?"

백세린은 직접 작곡을 해본 적이 없어서 약간 아리송한 표정을 지었다. 잘 모르는 분야지만 그저 당연한 얘기를 하는 거 같아 고개를 끄덕이며 호응했다.

"뭐 … 그냥 그렇다고."

백세린은 김윤휘가 골똘히 생각하고 천천히 단어를 골라가면서 느리게 말을 하는 모습이 속 터질 듯 답답했지만, 또 너무 진지한 모습이 왠지 귀엽기도 하다고 생각했다. 이유는 잘 모르겠지만 그냥 갑자기 그렇게 느껴졌다.

"생각이 깊구나. 맞는 말이긴 해. 예술 하는 사람들은 다른 작품의 영향을 많이 받는다고 하더라. 서로서로 영향을 주는 거 같아."

이후로 두 사람은 갤러리의 다양한 예술 작품 사이를 거닐며 이런저런 얘기를 했다. 김윤휘는 평소와 다르게 말문이 트여 의견을 마구 쏟아냈는데, 백세린 역시 전혀 밀리지 않았다. 두 사람은 한동안 몇 초의 공백도 허락하지 않고 계속해서 숙덕거렸는데, 주변의 다른 관람객이 듣든 말든 신경 쓰지도 않았다. 그러던 중 한 추상화를 보고 백세린의 발이 멈췄다. 백세린은 말을 멈추고 그림을 가만히 응시했다. 그러자 김윤휘도 나란히 서서 그림을 쳐다보았다.

"이 그림을 보면 어떤 느낌이 들어?"

백세린이 그림을 가리켰다. 그리곤 말을 이었다.

"색감과 형태가 마치 혼돈 속에서도 어떤 조화를 이루려는 듯해."

김윤휘는 다시 그림을 쳐다보다가 대답했다.

"음악도 마찬가지야. 때로는 불규칙한 리듬과 조화롭지

않은 멜로디가 만나서 전혀 새로운 느낌을 만들지. 음 … 이 그림은 그런 음악적 실험을 떠올리게 하는군."

"오 … 심오한데? 이제 카페 갈까?"

백세린은 솔직히 마음속으로 '뭐라는 거야' 싶었다.

갤러리를 나선 두 사람은 열띤 토론으로 달궈진 머리도 식힐 겸 근처 카페로 자리를 옮겼다. 두 사람은 아이스 아메리카노를 마시며 잠시 숨을 돌리고 머리를 환기시켰다.

"우리 다음 곡은 어떤 감정을 표현하면 좋을까? 뭔가 떠오르는 키워드 같은 거 있어?"

김윤휘가 물었다. 그의 마음은 곡에 담길 감정을 찾아 헤매고 있었다.

"아마도 자유? 해방감? 그리고 평화로움? 지금 표현하고 싶은 건 딱 그런 감정들인 거 같아."

김윤휘는 아무 말 없이 가방에서 노트북을 꺼내 미디 프로그램을 실행했다. 그리고 이어폰을 꽂고는 오늘 영감 받은 아이디어를 스케치해 나갔다.

"또 뭐 만드는 거야?"

"응. 이번엔 밴드 곡을 해보면 어떨까 싶어. 템포는 좀 빠르게."

백세린은 알겠다고 말하며 신경 쓰지 않고 핸드폰을 꺼내 SNS를 했다. 앞머리를 매만지다가 몇 초짜리 셀카 영상을 찍어서 필터를 적용시켜 인스타그램 스토리에 공유하고, 친구와 카톡을 주고받았다. 화장실도 다녀오고 친구와 통화도 했다. 그리고 다시 인스타그램 피드를 스크롤하며 간간이 하트를 누르거나 댓글을 남겼다. 시간이 꽤 지나자 김윤휘가 갑자기 이어폰을 귀에서 빼고 노트북의 방향을 돌렸다.

"한번 들어볼래?"

세린은 이어폰을 귀에 꽂고 김윤휘가 스케치한 곡을 들어보았다. 118bpm에 피아노로 코드를 연주하고 거기에 일렉 기타가 리드 멜로디로 사용됐다. 드럼은 어쿠스틱 드럼을 사용했는데 벌스에서 코러스로 넘어가는 부분에는 드럼 필인도 있었다. 곡을 다 들어본 백세린이 말했다.

"야 괜찮다~ 일본 밴드 같아. 이거 완전 오피셜히게단 디즘 아니야?"

"어? 히게단 아는구나!"

"당연하지. 도라에몽 OST에도 나오잖아. 제이팝 좋아하면 모르면 안 되는 거 아니야? 하하. 나 여기 가사 써볼게. 여기에 잘 묻을 거 같은 가사를 예전에 메모장에 써놓은 거 있어."

"다행이다. 혹시나 해서 말하는 건데 일부러 좋게 말해줄 필요는 없어."

"진짜 좋아서 좋다고 말하는 거거든? 근데 있잖아. 이 곡은 어떤 주제를 잡고 만든 거야?"

"일상이라는 키워드를 생각했어. 우리가 아까 봤던 그림에서 영감을 받은 거야."

세린이 갸우뚱했다.

"우리가 멈춰서 봤던 그 그림을 얘기하는 거야? 난 잘 이해가 안 되는데. 그 그림과 일상이 어디가 연결되는 거야?"

"그림을 보며 혼돈의 세계에서 질서의 세계로 나아가려고 한다는 느낌을 받았어. 모든 건 불완전해. 완벽한 건 없잖아. 그리고 부조화에서 조화를 이루려고 하는 듯한 인상을 받았어. 난 그런 현상을 뭐라고 표현하는지 궁금해졌어. 생각해 보니까 이건 언제 어디서나 항상 일어나고 반복되는 일이잖아? 우린 그걸 일상이라고 부르고 있는 거야. 그래서 일상이라는 주제를 잡았어. 우리가 자유와 해방감과 평화를 느끼고 찾을 수 있는 이유도 혼돈과 질서의 균형 때문이라고 생각했어."

"그렇구나…."

두 사람은 다시 작업에 몰입했고, 시간은 흘러 밖은 어둑어둑해져갈 때쯤 곡은 완성되었다. 김윤휘가 기지개를 켜며 하품을 했다.

"흐아~ 수고했어. 이것도 녹음만 하면 되겠네. 그럼 이것도 같이 발매할까? 더블 싱글로 내는 거야. 어때?"

"그럴까? 그러자 그럼."

"오케이. 아 근데 피곤하고 지금 너무 배고파. 밥이나 먹자."

이후 새로운 곡의 본녹음은 다음 날 이루어졌다.

며칠 뒤. 김윤휘의 작업실.

두 사람은 다시 만나서 간단히 안부를 물었고, 앉아서

커피를 마시며 가벼운 잡담을 했다.

"그래서 본론으로 들어가자면 오늘은 음원 등록을 할 거야. 우리 곡 2개 마스터링 맡겼는데 한번 들어봐."

백세린은 마스터링이 완료된 곡을 듣고 말했다.

"오 뭔가 소리가 풍성해졌다. 공간감이 생긴 느낌?"

"그치? 꽉 찬 느낌 들지 않아? 괜찮은 거 같아서 다행이다. 앨범아트도 일러스트 그리시는 분한테 외주 맡겼어."

김윤휘가 파일을 열어 앨범아트를 보여주었다.

"오 되게 괜찮다! 남녀 커플이 모래 위에 앉아서 해변을 바라보고 있는 뒷모습이 정말 낭만적이다~."

김윤휘는 유통사 사이트를 통해 앨범아트 사진, 음원으로 쓰일 파일을 업로드하고 아티스트 정보를 입력하고 음원 등록 신청을 금방 끝냈다.

"이제 신청 끝났으니까 심사하는 거 며칠 걸릴 거야."

"벌써 끝났어? 생각보다 간단하네?"

"응. 그렇지. 그럼 우리 이제 기다리는 동안 다른 곡 만들자."

"아 잠시만, 그건 나중에. 나 지금 이 여운 계속 갖고 있고 싶어. 너무 설레잖아. 어떡해? 내 곡이 진짜로 음원으로 나온다니. 야야. 근데 홍보도 해야 되지 않아? 곡만 내면 누가 알아."

"음 … 그럼 티저 영상이라도 만들까? 리릭 비디오로. 앨범아트 사진에다가 가사 넣은 영상은 되게 만들기 쉬워. 그래. 너 유튜브 채널에 올리면 되겠다. 그리고 유튜브 말고도 다양하게 홍보를 했으면 좋겠는데. 너가 나보다 인스타 팔로워 수가 훨씬 많으니까 피드에 올려줄 수 있어?"

"그래? 리릭 비디오? 티저 영상? 당장 하자. 어떻게 하는 건데. 해봐 한번."

그렇게 그날 백세린은 짧은 티저 영상을 SNS로 공유했다. 그녀의 친구들은 매우 흥미로워하거나 축하하는 반응을 보였으며, 김윤휘의 생각보다도 뜨거운 반응을 이끌어냈다. 그 과정을 지켜본 김윤휘는 그녀가 자신과 다른 존재라는 걸 새삼 실감했다. 백세린은 인싸였다.

발매일이 되었다. 윤휘와 세린은 작업실에서 또 한 번

만났다. 백세린의 인스타그램 홍보는 꽤 성공적이었다. 백세린이 피드를 올릴 때마다 그녀의 지인들은 수많은 하트를 눌러주며 폭발적인 화력을 보여주었다. 백세린은 발매 시간에 맞춰 모든 스트리밍 플랫폼에 음원이 발매됐다는 내용의 인스타 스토리를 추가했는데, 그녀의 많은 지인이 해당 스토리를 공유해 주었다. 백세린은 지인들이 공유해 준 스토리를 다시 자신의 스토리에 추가하느라 핸드폰을 손에서 놓질 않았다. 김윤휘는 옆에서 그 모습을 잠자코 지켜보고 있었다.

"윤휘야, 나 인스타 라이브 켤 건데 괜찮아?"

예상치 못한 세린의 말에 김윤휘는 적잖이 당황했다.

"라 … 라이브? 갑자기?"

"응. 홍보해야지."

인스타 라이브 방송 기능이 있다는 건 알지만, 그건 인플루언서급은 돼야 할 수 있는 걸로 여기고 있었다. 백세린이 그 정도로 인싸였나. 왠지 모를 거리감이 느껴지는 것 같았다. 자신 같은 사람이 하면 아무도 안 볼 텐데.

곧이어 백세린은 '신곡 발매함'이라는 제목으로 라이브

방송을 켰다. 방송이 켜지자마자 시청자 수는 두 자릿수를 넘기더니 채팅이 하나둘 올라왔다. 대부분 그녀의 지인이었기에 가벼운 사담을 하며 방송을 이어나갔다. 윤휘가 보기엔 참 신기하고 진귀한 광경이었다.

"다들 많이 들어줘. 아 그리고 나 지금 진짜 말도 안 되는 작곡가 친구랑 같이 있어. 이번 곡 프로듀싱 해준 친구야."

그러자 김윤휘의 모습을 궁금해 하는 채팅이 올라왔다. 세린은 윤휘를 쳐다보았지만, 쭈뼛거리는 그의 모습을 보고는 고개를 내저었다.

"이 친구가 되게 샤이보이야. 낯을 많이 가려가지고."

김윤휘의 나이를 궁금해 하는 채팅이 보였다. 백세린이 3살 많다고 대답하자 그럼 오빠라고 불러야 하는 거 아니냐는 채팅이 올라왔다.

"오빠라고 불러야 되는 거 아니냐고? 난 그런 거 잘못해. 하하."

그 이후로도 질문은 이어졌지만, 개인적인 신상에 대한 질문은 김윤휘가 예민해 할 수 있기에 더 얘기하지 않고 방송을 마무리했다.

"이제 꺼야겠다. 안녕~."

라이브가 끝나자 윤휘가 말했다.

"너 덕분에 홍보는 그럭저럭 되는 거 같다. 고마워. 진짜 수고했어. 밥이나 먹으러 가자."

둘은 밖에 나가서 밥을 먹고 근처 카페를 들른 후 작업실로 다시 복귀했다.

"근데 아까 유튜브에 올린 영상은 어때?"

세린이 물었다.

발매 시간에 맞춰서 김윤휘는 새로 개설한 자신의 유튜브 채널에 오피셜 오디오 영상을 올렸고, 백세린의 기존 채널에는 리릭 비디오 영상을 올렸었다. 몇 시간이 지난 현재 반응은 어떠한지 물어본 것이다. 김윤휘는 핸드폰을 통해 유튜브 앱을 켜서 영상의 조회 수를 보여주었다. 백세린은 그 화면을 보고 약간 시무룩한 표정을 지었다. 조회 수는 각각 1회에서 더 이상 늘어나지 않았기 때문이다. 1회조차도 영상이 잘 나오는지 확인차 본인 스스로 눌러본 것이었으니 실제로는 0회였다. 그 누구도 구독자 0명의 채널에다가 누군지도 모르는 아티스트의 신곡에 관심을 가지지 않은 것이다.

백세린의 채널에 올린 영상의 조회수는 그나마 각각 56회, 76회를 기록했다. 하지만 백세린이 유명한 히트곡의 커버 영상을 올렸을 때의 평균 조회수와 비교하면 아득히 낮았다.

"반응이 영 시원찮네." 김윤휘가 무거운 목소리로 말했다. 백세린의 지인들이야 아는 사람이기 때문에 관심을 갖고 들어주는 것이었다. 하지만 거기에만 의지하기엔 아무래도 무리가 있다고 김윤휘는 판단했다.

"우리 뭔가 더 해야 할 것 같아."

"어떤 거?"

김윤휘는 잠시 생각에 잠겼다가 말했다.

"음악 자체만으로는 부족한 거 같아. 사람들은 우리가 누군지 모르고, 우릴 처음 접하는 사람들에게 어필할 수 있는 게 필요해."

"그래서?"

"뮤비를 … 찍어야 할 거 같아…."

윤휘가 자신 없는 목소리로 말했다.

"뮤비? 아! 잠시만 기다려봐."

세린은 뭔가 생각난 듯했다.

"내 팔로워 중에 뮤비 찍는 디렉터 있거든? 찾아볼게. 장소는 홍대 돌아다니거나 스튜디오 빌리면 되겠지 뭐"

아무렇지 않게 곧바로 대답하는 세린의 모습에 윤휘는 또 한 번 당황했다.

예상했던 반응과 달리 두려움이나 망설이는 기색을 전혀 보이지 않았기 때문이다.

"응? 이렇게 반응한다고?"

"왜?"

세린이 물었다.

"아니 뭔가 놀라는 반응도 없길래 … 우리 둘 다 뮤비를 찍어본 경험이 없고 방법도 잘 모르는데 걱정하지 않는 태도가 의외여서. 난 되게 많이 생각하고 말한 거였는데, 그냥 바로 해보자고 나오니까. 아니 그니까 … 너무 좋다는 말이야. 적극적으로 하려고 해줘서 고마워. 너 이런 결정 쉽게 못 하는 애였잖아."

세린은 그 말을 끝까지 듣고서 이해했다는 듯 대답했다.

"아. 그랬구나. 근데 생각해 봐. 지금 우리가 그런 거 따질 처지가 아니잖아.

해야지 어떡해. 생각하지 마. 어차피 하게 될 거잖아."

그 말에 김윤휘는 연신 고개를 끄덕이며 말했다. 달라진 그녀의 결정력과 실행력에 속으로 감탄을 금치 못했다.

"응. 응. 응. 맞아. 진짜 맞는 말이야. 널 다시 보게 됐어. 그래 맞아. 해볼게."

백세린은 자신이 알고 있는 영상 디렉터에게 디엠을 보냈고, 둘은 작업실에 남아 뮤비에 대해 회의를 하느라 밤을 새웠다. 어느 순간 처음의 낙담은 새로운 기회로 바뀌어 있었다. 뮤직비디오에 대한 아이디어를 나누며, 둘은 다시 한번 새로운 도전에 대한 설렘으로 가득 찼다.

회의 끝에 어느 정도 결론이 났다. 김윤휘가 말했다.

"주제가 일상이니까 평소 일상을 담은 뮤비를 찍었으면 좋겠어. 브이로그처럼 말이야. 하루 종일 여기저기 돌아다니면 뮤비에 쓸 만한 분량은 건질 수 있을 거야."

서울 홍대입구역 9번 출구 앞. 김윤휘가 먼저 약속 장소에 도착했다. 뮤직비디오 촬영을 위해 모이기로 한 것이다. 시계의 바늘이 10시를 가리키고 있었지만, 백세린의 모습은 아직 보이지 않았다. 김윤휘는 가볍게 한숨을 내쉬며 주변을 둘러보다가, 마침내 백세린이 활기찬 걸음으로 다가오는 것을 보았다.

"윤휘! 미안, 조금 늦었지?"

백세린이 밝게 인사했다. 그녀의 얼굴엔 언제나처럼 생기가 넘쳤다. 두 사람은 만나자마자 곧장 근처의 카페를 향해 걸어갔다.

"다행이다. 일기예보대로 오늘 날씨가 너무 좋아."

걸어가던 중 김윤휘는 하늘을 올려다보며 날씨 얘기부터 꺼냈다. 오늘은 봄의 따스함이 완연했고, 홍대 거리는 어느 때보다 활기차 보였다.

"그러게. 서울 와서 처음으로 홍대 구경 제대로 해보겠는데? 어? 이거 너무 예쁘다!"

얼마 걷지도 않아 어느 소품숍 앞에 전시된 인형 키링을 발견한 백세린은 눈빛이 달라지며 발길을 멈췄다. 윤휘도 평소에 영화, 드라마, 만화 등을 즐겨 보는 취미가 있어선지, 그 캐릭터들을 알아볼 수 있었다.

"산리오 캐릭터네. 너도 이런 거 좋아해?"

"시나모롤 내 롤모델이거든? 아, 그래. 이런 장면은 나중에 찍어야지. 우선 회의부터 하러 가자."

"그래그래. 여기 말고도 이런 곳은 엄청 많으니까."

두 사람은 카페에 도착해 음료를 하나씩 주문하고 테이블에 마주 보고 앉았다. 김윤휘가 핸드폰을 꺼내서 자신이 기록한 메모의 내용들을 다시 한번 훑어보며, 오늘의 계획을 점검하기 시작했다.

"우리가 레퍼런스로 잡을 만한 뮤비 몇 개를 찾아봤는데 한 번 볼래? 우리가 따라 할 수 있을 만한 것들로 골라봤어."

윤휘가 보여주는 레퍼런스 영상들을 보며 둘은 본격적인 회의를 시작했다. 백세린이 한 클립을 가리키며 흥분된 목소리로 말했다.

"오 컷 넘어갈 때 이런 효과 되게 좋은 거 같아! 여기 이 부분에 이 효과도 되게 좋은데? 우리도 이런 느낌으로 갈

수 있을 것 같아."

그녀의 눈은 창의적인 아이디어로 빛났다.

"나도 그렇게 생각해. 그리고 장면이 넘어가자마자 슬로모션 효과 잠깐 주는 거 되게 좋은 거 같아. 우리 노래에 드럼이 빠졌다가 훅 부분에 베이스랑 같이 다시 들어오는 부분 있잖아. 그 부분마다 넣으면 되게 좋을 거 같아."

김윤휘는 백세린의 의견에 동의하며, 자신들만의 스토리텔링을 강조했다.

"오 진짜 진짜. 되게 좋은 생각이다!"

원하는 연출에 대해선 두 사람의 의견이 거의 일치해서 몇 마디 이후로 더 얘기를 나눌 소재도 없었다.

"그럼 오늘 영상 찍어서 디렉터분한테 보내면 언제쯤 완성해서 보내주시려나."

윤휘가 물어보았다. 사실 처음 계획은 영상 디렉터에게 촬영까지도 문의하려고 했으나, 뮤비의 콘셉트가 브이로그와 같은 일상적인 모습들을 담는 것이기 때문에 그럴 필요까지는 없다고 판단했다. 그래서 영상은 직접 찍은 뒤에, 곡의 각 부분에 어울리게 영상 편집만 맡기는 것으로 결정했다.

세린이 대답했다.

"빠르게 편집까지 끝내고 영상 공개할 수 있을 거야. 우리가 얘기했던 난도의 편집은 전문가에겐 식은 죽 먹기나 다름없으니까."

"오케이. 그럼 이제 더 얘기할 건 없을 것 같고 … 이거 다 마시면 나가서 바로 촬영 시작하자."

"그래."

백세린이 대답하며 뒤를 돌아 카페 밖의 모습을 쳐다보다가 아메리카노를 한 모금 마셨다. 그녀는 햇빛을 등지는 방향으로 앉아 있었는데, 그 모습을 본 김윤휘가 말했다.

"잠깐. 방금 장면 좋은 거 같아. 방금처럼 한 번만 더 해줄 수 있어? 지금부터 촬영 시작해야겠어."

김윤휘가 테이블 위에 내려놓았던 핸드폰을 만지며 얘기했다.

"응? 아 아까 나 괜찮았어?"

세린은 바로 아무렇지 않게 방금의 장면을 재현했다.

"됐다. 오케이."

그리고는 바로 녹화된 장면을 확인했다.

"오늘 날씨가 밝아서 그냥 찍어도 화사하게 잘 나오는데? 영상 편집자분 일거리 줄어들겠다. 지금부터는 오케이도 얘기하지 않을 테니까 날 의식하지 말고 자연스럽게만 행동하면 돼. 내가 말하는 포즈 적당히 해주면 되고."

두 사람은 밖으로 나서서 촬영을 시작했다. 김윤휘는 핸드폰 카메라를 손에 들고 백세린의 주변을 이리저리 맴돌며 동영상을 녹화했다. 빈티지숍, 소품숍, 편집숍, 피어싱숍, 그라피티가 그려진 벽화, 좁은 골목, 버스킹 거리 등의 다양한 풍경을 찾아다니며 자연스러운 일상의 모습을 담아갔다.

3시간 정도가 흐르고, 거리엔 전보다 사람이 좀 더 많아져 넓은 길로 나왔다. 윤휘가 말했다.

"우리가 걷고 있는 여기가 홍대 상상마당이야. 배고프지 않아? 저기 닭꼬치 먹을래? 저거 먹으면서 지금까지 찍은 거 확인하자. 좋은 장면 완전 많이 건졌어."

"잘 찍었어? 그럼 이제 충분한 거? 날씨도 아까보단 흐려졌네."

"응 지금도 솔직히 충분해서 더 안 찍어도 되긴 해. 근데 살짝 아쉬운 게 뭔가 클라이맥스 같은 장면이 없어. 뭔가 다 무난하게 흘러가는 느낌이라 다이내믹한 장면도 있으면 좋을 거 같은데…."

백세린이 닭꼬치 두 개를 양손에 들고 김윤휘가 핸드폰을 꺼내 찍은 장면들을 하나씩 보여주었다. 세린이 영상을 보고는 말했다.

"듣고 보니 그러네. 근데 영상 자체는 되게 잘 찍었다. 사진 잘 찍네. 난 이 정도면 되게 만족하는데? 가볼 만한 장소도 다 가본 것 같아."

하지만 윤휘는 이대로 촬영을 끝내기엔 무언가 찝찝한 느낌이 들었는데, 주변을 둘러보며 잠시 생각했다. 두 사람의 바로 코앞엔 오락실이 있었는데 중학생쯤으로 보이는 남학생들이 펀치 기계로 모여들더니, 돈을 넣고 펀치를 때리며 서로 탄성을 질렀다. 그 장면을 가만히 바라보던 김윤휘가 표정이 바뀌며 평소보다 높은 톤으로 말했다.

"오락실 좋다. 오락실에서 게임을 하는 장면 훅에 넣으면 좋을 거 같아."

백세린도 바로 동의했고 오락실로 들어가서 기계들을 둘러봤다.

"농구 게임 어때? 서로 번갈아 가며 한 판씩 하면서 찍어주는 거야."

김윤휘의 제안으로 농구 게임을 하는 장면을 담은 영상을 서로 번갈아 촬영하고 나서, 바로 영상을 확인했다.

"야 이거 진짜 잘 나왔다. 안 찍었으면 후회할 뻔했네. 찍길 잘했다 진짜. 이제 그만 찍어도 될 거 같은데?"

세린이 들뜬 목소리로 말했다. 영상 속에 집중하면서도 웃으며 농구공을 골대 쪽으로 쉴 새 없이 집어던지는 모습은 즐거워 보였고, 원했던 감성의 장면이 의도대로 나와주어서 둘 다 흡족해 했다.

"그럼 촬영은 접고, 이왕 온 김에 다른 게임이나 몇 판 하다가 돌아가자."

그렇게 말하는 윤휘의 표정이 이제 안심한다는 듯 후련해 보였다. 잠시 뒤 둘은 오락실을 나왔는데, 김윤휘가 넓은 길가를 보더니 손가락으로 무언가를 가리켰다.

"어?"

가리킨 방향에는 피아노가 있었는데, 누구나 피아노를 칠 수 있게 상상마당에 비치해 놓은 것이었다. 순간 아이디어가 떠오른 김윤휘가 말했다.

"세린아 하나만 더 찍자. 내가 저기 피아노를 칠 테니까. 너가 여기서 그 모습을 찍어주는 거야. 진짜 멋있는 장면이 나올 거 같아."

하지만 세린이 하늘을 올려다보더니 말했다. 처음 만났을 때만 해도 맑았던 하늘은 우중충해져 있었다.

"지금 살짝씩 비가 내리고 있는 것 같은데 괜찮겠어?"

세린의 말을 듣고 천장 아래 있던 윤휘가 몇 걸음 앞으로 가서 완전히 밖으로 나와 손을 펼쳤는데, 미미했지만 비는 조금씩 내리고 있었다. 그때 어디선가 나타난 두 명의 남자가 방수 커버를 가지고 오더니 피아노를 덮는 것이었다. 그러기가 무섭게 빗줄기는 점점 더 굵어지더니 소나기가 쏟아져 내리기 시작했다. 거리를 걸어 다니던 사람들은 황급히 비를 피할 장소를 찾아 뛰어다녔고 순식

간에 지나다니는 사람은 별로 보이지 않게 됐다. 지켜보고 있던 윤휘는 실망한 표정을 지으며 그저 서 있었다.

"소나기일 거야. 비가 약해지면 나가자. 아 여기 안에 코인 노래방도 있던데."라고 말하며 하늘을 봤다.

세린은 대답 대신 오락실 입구에 설치된 지폐 교환기를 바라보며 잠시 생각에 잠겼다. 그녀의 손가락은 핸드폰 화면 위를 더듬었고, 카메라 앱을 열어 피아노가 잘 보이는 방향으로 핸드폰을 세웠다. 윤휘는 그녀의 의도를 알아채지 못한 채, 뭘 하려나 싶어 그 모습을 멍하니 보고 있었다. 그리고 곧바로 세린이 보인 돌발 행동에 깜짝 놀랄 수밖에 없었다. 그녀는 갑자기 한발 한발 빗속으로 발을 내디뎠다.

"뭐야. 뭐해? 야!"

윤휘의 당황한 외침이 빗소리 사이로 흩어졌다. 그녀는 아랑곳하지 않았다. 세린은 이미 빗물을 맞으며 자유롭게 춤을 추기 시작했다. 그녀의 긴 머리칼이 순식간에 젖었고, 움직일 때마다 물줄기를 흩뿌렸다. 발걸음은 물웅덩이에 떨어진 빗방울처럼 통통 튀었다. 그 모습을 바라보던 윤휘는 숨을 삼켰다. 순간 온 세상이 멈춘 듯한 기분을 느꼈다. 그 춤은 그녀의 내면에서 흘러나오는 음악을 표현하는 듯했다. 그게 무엇인지 들을 수 없지만 알 수 있었다. 왠지 모르게 느껴졌다. 마치 무대 위의 주연배우와도 같은 그 모습은, 윤휘 마음의 어떤 감정을 자극했다. 잊을 수 없는 장면이 실시간으로 눈에 담기고 있다는 느낌이 무의식적으로 강하게 들었다. 잠시 넋을 잃고 쳐다만 보았다. 다른 것은 보이지도, 들리지도 않았다. 그저 눈앞에서 어린 소녀가 비를 맞으며 춤을 추고 있다. 그녀는 마침내 동작을 멈추고, 빗속에서 윤휘를 향해 활짝 웃었다. 그러곤 꺄르르 웃는 것이었다. 표정이 분수대에서 물장난을 하는 일곱 살 어린이 같았다. 그녀와 눈이 마주친 윤휘는 헛웃음을 터트렸다. 누구라도 그 모습을 보면 실소를 터트릴 수밖에 없을 것이다. 마냥 웃기지도 않았다. 그녀가 지금 보여주는 행동은 장난이 아니라 진심인 게 느껴졌기 때문이다. 동시에 이유 없이 아련한 감정이 흘렀다. 왜인지는 알 수 없었다. 그냥 보고 있자니 가슴이 미어지는 것을 느꼈다.

"뭐해. 계속 그렇게 서 있을 거야?"

윤휘는 더 이상 주저하지 않고, 세린에게로 달려갔다. 주변의 모든 것은 사라지고, 손을 맞잡고 춤을 추었다. 주변 건물에서 창문 밖을 내다보던 몇몇 사람들과 지나가던 행인들은 그 광경을 보고는 흠칫 놀랐다. 하지만 이미 김윤휘는 백세린의 열정에 감염되었다. 그들은 오직 서로와 이 순간에 집중할 뿐이었다. 이 장면은 고스란히 촬영되었고, 뮤직비디오에서 가장 감동적인 하이라이트가 되었다.

뮤직비디오 촬영을 마친 김윤휘와 백세린은 작업실로 돌아와 커피를 마시며 여유를 즐기고 있었다. 밖에서 내리던 비는 창문을 통해 보이는 세상을 더욱 평화롭게 만들어주었다. 그 평화로운 분위기 속에서 김윤휘는 생각에 잠겼다. 백세린은 그를 주의 깊게 바라보며 물었다.

"윤휘야, 너 음악을 시작하게 된 계기가 뭐야? 항상 네 음악에서 어떤 슬픔이 느껴지더라고."

김윤휘는 잠시 고민하더니 조심스럽게 입을 열었다. 그의 목소리는 미세하게 떨리고 있었다.

"별로 자세히 얘기하고 싶지도 않고, 말하기도 복잡하지만, 간단히 말하자면 난 겉돌던 사람이었어. 아싸라고 부르잖아. 바로 눈앞에 있는 사람이 실은 아득히 보이지도 않는 먼 거리에 있는 듯한 느낌이라는 표현이 맞으려나. 나는 어디에도 속해 있지 않고, 나를 품어줄 곳이나 사람은 없다고 생각했어. 이 세상에 내가 있을 곳이 없다고 느꼈어. 그래서 혼자 딥해진 게 아닐까 싶어."

백세린은 고개를 끄덕였다.

"왜 그랬다고 생각해? 뭐 때문에 그렇게 된 걸까?"

"어렵게 생각할 것도 없이 성격이겠지. 난 혼자라는 걸 깨닫고 나한테 집중했어. 하고 싶은 말이나 느껴지는 감정은 메모장에 적어두거나 했는데, 또 어쩌다 보니까 음악도 하게 됐어. 음. 그냥 그래서야. 나는 말보다 글이 편해. 그래서 전화도 잘 안 받지."

"진짜 나랑은 모든 게 정반대구나."

"또 어떤 사람들은 나보고 특이하다고 말해."

"그거야 … 그렇지? 넌 좀 특이하긴 해. 하하."

세린이 멋쩍은 미소를 지었다.

"난 그렇게 생각하지 않지만 정말 그럴지도 몰라. 사람들은 나와 같지 않더라고. 같은 감정을 느꼈을 줄 알았는데, 나 혼자만 진심이었던 적도 있었지. 어떤 사람은 정말로 내가 이해할 수 있는 영역 밖에 있어. 인간의 스펙트럼은 너무 넓다고 생각해. 근데, 그렇게 다양한 사람들이 밖에서 볼 때 겉모습만큼은 비슷비슷하다는 게 정말 신기하게 느껴져. 옷 입는 거라든지. 그냥 겉으로 볼 땐 다들 정상 같잖아."

윤휘는 그 말을 하곤 다음 말을 생각하는 듯 가만히 있었다. 세린은 그가 다시 입을 열기까지 기다려주었다.

"그냥 확인하고 싶은 걸지 몰라. 내가 느끼는 걸 전해주고 싶어. 나는 솔직할 뿐이야. 솔직하게 말하는 내가 특이하게 보일 수 있지만, 나와 같다면 내가 하는 걸 공감하겠지. 다들 사실은 나와 같은 사람이었다는 걸 느끼고 싶은 마음이 있는 게 아닐까 싶어. 완전 다르게 사는데 사실 다 통하는 게 있었고, 똑같은 감동을 공유하는 모습을 만들고 싶어. 예술이 인간을 하나로 만드는 모습이 아름답다고 생각해."

"오 너 그렇게 말하니까 예술가 같아. 하하."

"사실 예술이라는 말을 별로 안 좋아해. 말 자체가 고상해 보이고 뭔가 있어 보이는데

사실 아무것도 아니야. 그냥 살면서 느끼는 모든 거라고 생각해. 난 그런 걸 어른들의 마음에 말하고 싶은 거 같아. 오글거릴 수 있는 내용도 뻔뻔하게."

백세린은 고개를 끄덕거렸다.

"고마워. 말해줘서. 너가 이런 생각을 가지고 있을 줄은 몰랐어. 어른이구나."

"응? 어 … 아 아니. 뭐 … 나도 내 독백 들어줘서 고마워."

김윤휘가 세린의 갑작스러운 칭찬에 살짝 당황하는 반응을 보이자, 왠지 피식 웃음이 새어 나왔다.

"그런 경험으로 인해서 너의 음악이 진정성 있게 들리는 걸 거야."

김윤휘는 백세린의 따뜻한 말에 가슴이 조금은 놓이는 것을 느꼈다.

자신의 얘기를 끝까지 들어줬다는 것도 기분이 좋았다. 그는 그녀를 향해 미소를 지으며 말했다.

"고마워, 세린. 네가 있어서 든든해."

백세린은 그의 미소에 화답하며 물었다.

"나한테 궁금한 거 없어? 물어봐. 너도 얘기해 줬으니까 나도 말해줄게."

윤휘는 턱에 손을 갖다 대며 잠자코 생각하다가 물었다.

"그럼 … 너는 뮤지컬 배우가 꿈이었다고 했는데 음악을 하게 된 이유는 뭐야?"

"엥? 그야 네가 하자고 했잖아. 기억 안 나?"

윤휘는 또 한 번 당황했다.

"아니 … 뭔가 이유가 있었을까 싶어서. 그럼 정말 내 말 듣고 한 거야?"

백세린은 순간 얼굴이 어두워졌다가 곧 밝은 표정으로 돌아왔다.

"응. 하하. 왜. 너무 단순한가. 나보고 잘한다고 해줬으니까. 그 말 한마디로 용기를 얻었어. 난 원래 좀 그래. 뮤지컬 배우 포기한 것도 비슷해. 난 어렸을 때부터 인기도 많고 공부도 잘했어. 그러더니 부모님은 나한테 기대를 많이 하셨고, 친구들도 왠지 날 연예인 보듯 대하는 게 느껴졌어."

"응."

"근데 난 그게 너무 부담스러웠어. 나도 사람이고 실수도 할 수 있는데 그런 모습을 보이면 안 될 거 같은 거 있잖아. 그래서 힘들었지. 근데 한 번 사고를 냈지. 학교 축제였는데 열심히 준비한 연극 공연에서 내가 대사를 통으로 절어버린 거야. 떠올리기만 해도 싫어. 그 이후로 친구들 보는 것도 무서워지더라."

"그런 일이 있었구나."

윤휘가 심각한 표정을 지었다.

"난 끝까지 그때 떨어진 자신감을 회복하지 못하고 나락까지 갔어. 회사 오디션을 여러 군데 봤었는데 다 떨어졌어. 근데 그러기만 하면 다행이게. 한 곳에서는 많은 사람들이 보는 앞에서 대놓고 깠어. 그러니까 이제 도저히 못 하겠더라."

"너도 정말 힘들었겠구나 … 무슨 말을 해주면 좋을지 모르겠네."

"괜찮아. 그냥 하는 얘기야. 동기부여 되는 말 같은 건 나도 많이 들어봤어. 남의 평가에 휘둘리지 말고 나 자신을 믿어라. 누군 몰라서 안 그러는 게 아니야. 그게 맘대로 되겠냐고."

"음 … 그렇군."

"에휴 … 됐다. 지난 일이야. 앞으로 잘하면 되지. 그래도 얘기하니까 속은 후련하네."

"그래 잘해보자. 서로 이런 얘기하는 거 너무 유익한 거 같아. 정말 좋은 시간이었어."

김윤휘의 이 말을 끝으로 정적이 흘렀는데 어느새 공기가 변해 있음을 느꼈다. 그는 비가 내리던 순간을 떠올렸다. 두 사람이 서로에게 기댄 채 비를 맞으며 춤추던 그 순간, 김윤휘는 자신도 모르게 백세린을 향한 미묘한 감정이 싹트고 있음을 느꼈다. 백세린 또한 김윤휘의 솔직하고 진정성 있는 이야기에 마음이 움직이며, 서로에게 느끼는 호감을 깨닫게 되었다. 이 날을 계기로 두 사람은 이미 단순한 작업 파트너를 넘어서 서로에게 특별한 존재로 발전되어가고 있었다.

소리의 변주

김윤휘의 작업실.

백세린의 유튜브 채널에 뮤직비디오가 공개된 지 이틀째가 되는 날이다. 둘은 공개된 영상의 반응을 지켜보고 회의하기 위해 다시 만났다. 김윤휘의 작업실 창밖으로 들어오는 노을이 은은한 분위기를 만들어냈다. 백세린은 뮤직비디오가 공개된 이후의 반응을 확인하며 들뜬 마음을 감추지 못했다. 조회 수가 1만 회를 넘고 긍정적인 댓글이 이어졌다. 백세린은 발을 동동 구르며 댓글을 하나하나 읽어보고 있었다. 윤휘도 평소의 차분함을 유지하려 애썼지만, 그의 눈빛에선 숨길 수 없는 기쁨이 묻어났다. 유튜브 스트리밍 조회 수 또한 다시 상승했다.

"이것 봐! 사람들 반응 너무 좋은데. 우리 영상이 알고리즘의 선택을 받았어."

세린의 목소리는 흥분으로 떨렸다. 김윤휘는 일희일비하는 것을 좋아하지 않아 매사 차분한 반응을 보일 때가 많지만, 이 순간은 자축해도 좋다고 생각해서 같이 기뻐했다. 윤휘는 소파에 앉아 잠시 그녀를 바라보았다.

"정말 대단한 일이야. 꿈만 같아. 첫걸음 치고는 너무 크게 앞서 나가는 것 같아."

그의 목소리에는 감동과 자부심이 묻어나왔다. 묘한 기분이었다. 머릿속의 생각이 구체적인 상품성 있는 콘텐츠가 되어 눈앞에 나타나 있는 게 신기하고 뿌듯했다. 그 뒤로도 몇 번씩이나 뮤비를 다시 돌려보며 얘기를 나눴다.

"우리 EP 앨범 만들려면 시간이 얼마나 걸릴까?"

백세린이 말했다.

"4~6곡을 만든다고 치면 열심히 했을 때 2주면 가능할 거야. 근데 믹싱 마스터링도 해야 하고. 음원 발매되기까지는 못해도 한 달은 걸리겠지. EP를 만들자고?"

윤휘는 아직 뮤비 공개의 여운이 채 가시지 않은 상태라 세린의 제안에 조금은 당황한 말투였다. 세린은 당연한 거 아니냐는 듯이 쳐다보았다.

"물 들어올 때 노 저어야지. 이거 하나로 만족할 수 없어. 사람들에게 확실히 우리 존재를 각인시키자. 적당히 듣기 편안한 감성 힙합 트랙 작업해 놓은 거 좀 있어?"

세린의 태도에 무언가를 느낀 윤휘는 이내 다시 차분한 태도를 보이며 대답했다.

"그래, 우리 이 기세를 몰아서 계속 나아가자. 비트는 많아. 근데 앨범이 되려면 좀 유기적으로 연결되는 부분이 있어야 하지 않을까? 스타일이 제각각이라."

"그거야 괜찮아. 사운드를 비슷하게 가져가야 할 필요도 없고, 그러려면 시간도 오래 걸릴 거야. 내가 가사 스토리텔링 있게 잘 적어서 유기적인 앨범으로 만들어볼게. 그건 나한테 맡겨."

"그래. 알겠어."

그렇게 대답하며 김윤휘는 마우스를 움직여 작업한 트랙의 MP3 파일이 모여 있는 폴더를 열었다.

"이게 지금까지 작업한 것들이야. 그럼 지금 한번 들어볼까?"

김윤휘가 작업한 곡들은 400곡가량이 되었는데 한참을 스크롤 해도 끝이 나지 않았다. 그의 작업량을 확인한 백세린은 놀라는 반응을 보였다.

"헐 이렇게 많아? 너 정말 작업 말고는 정말 하는 게 없구나. 너 히키코모리야?"

"아니야 … 그냥 뭐 어쩌다 보니까 … 하하."

김윤휘는 칭찬으로 받아들였고, 내심 기분은 좋았다.

"그래. 확실히 넌 오타쿠 기질이 있는 거 같아. 근데 너무 많으니까 나중에 들어볼래. 우리 일단 밥부터 좀 먹을래? 나 치킨 먹고 싶은데."

윤휘는 순간 치킨이라는 단어로 인해 머릿속에서 〈배틀그라운드〉의 치킨을 떠올렸다.

"세린아. 너 게임 좋아해? 혹시 무슨 게임해?"

윤휘의 갑작스러운 화제 전환이 뜬금없고 엉뚱하다고 느낀 세린은 재밌어하며 대답했다.

"갑자기? 게임은 왜. 하하. 예전에 서든 많이 하긴 했었지."

"오 진짜? 아니 그냥 … 스팀 게임도 해? 같이 〈GTA〉나 할까 해서. 혼자 하는 것보다 여러 명이서 하면 미션하기가 쉽거든."

그 말에 세린은 결국 호탕하게 웃음을 터트렸다.

"하하하. 아 진짜? 나도 한창 게임 많이 했을 때 해봤었는데."

같은 게임을 한다는 말에 급속도로 백세린의 외모가 더

욱 매력적으로 보이기 시작했다. 물론 원래 객관적으로 봤을 때도 이쁜 편이다.

"아 그래? 잘됐네. 그럼 피시방에서 게임 좀 하다가 작업할까?"

"그래. 나도 사실 놀고 싶었어. 갑자기 같이 게임을 하자니. 왜 이렇게 웃기지?"

"핑계 같겠지만 난 사실 게임을 하면서 영감을 많이 받아. 항상 노래를 틀어놓고 게임을 하는 편인데 그때 들은 노래들이 나한테 큰 자산이 되었어. 정말이야."

"윤휘야. 넌 정말 히키코모리야. 아, 농담."

"그래. 그럼 밥 먹고 피시방 가자. 노래나 들으면서 앨범 얘기도 해보자고. 난 그런 편한 분위기에서 얘기하는 게 좋아. 지금 같은 대화는 따분하잖아."

그렇게 두 사람은 식사를 한 뒤 피시방으로 가서 장시간 게임을 하며, 한참 동안 다음 앨범에 대한 얘기를 나눴다.

이틀 뒤. 김윤휘의 작업실.

둘은 김윤휘의 비트를 들어보고 있다. 작업실에 퍼지는

음악의 멜로디는 창밖으로 보이는 풍경과 어우러져 더욱 감미로웠다.

"오케이. 이거 확정."

백세린이 말했다.

"그럼 이것까지 이번 앨범은 총 5곡이 되겠네."

"그래. 5곡으로 하자. 앨범 제목은 뭐로 하지?"

그 질문에 김윤휘는 잠시 생각하더니 대답했다.

"음. 일단 이번 앨범의 핵심 키워드는 자유롭고 활기찬 도시의 모습이잖아. 도시의 야경이 떠오르는 'city light'가 어떨까?"

입술에 손가락을 갖다 대고 생각하던 백세린이 대답했다.

"시티 라이트 … 좋은데? 우리 앨범에 시티팝 느낌이 나는 트랙도 있잖아. 잘 어울린다! 게임할 때 도시 맵을 돌아다니다가 그런 주제를 생각해내다니. 게임에서 영감을 받는다는 말이 사실이었구나."

이렇게 두 사람은 마침내 앨범의 주제와 제목을 정하고 작업할 트랙들을 선별하는 데까지 앨범 작업을 진척시켰다.

"좋아. 그럼 첫 곡 작업부터 시작해 볼까?"

김윤휘가 미디 프로젝트 파일을 열었다.

"일단 다시 한번 들어보고 나서 바로 녹음 시작하자."

윤휘는 노래를 재생시켜 들어보았다. 도입부의 부드러운 일렉 기타 반주와 신디사이저 패드 소리가 신비롭고도 감성적인 분위기를 주었다. 곧이어 인트로가 끝나고 드럼과 함께 추가되는 베이스와 플럭 멜로디가 리듬감을 더해주었다.

백세린도 노래에 맞춰 고개를 흔들며 응했다.

"다시 들어봐도 너무 좋은데? 백예린이나 자이언티 노래 같아. 딱 내가 좋아하는 감성이야. 알겠어! 바로 해볼게."

얘기를 하다 보니 어느새 작업실의 공기는 집중력으로 가득 차 있었다. 백세린은 마이크 앞에 섰고, 김윤휘는 컴퓨터 화면을 주시하며 녹음 준비를 마쳤다.

"그래 그럼 바로 녹음해 보자. 준비는 됐지?"

김윤휘가 말했다. 백세린은 고개를 끄덕이며 진지한 얼굴로 마이크를 잡았다. 한 손에는 핸드폰을 들고 메모한 가사를 보았다.

"준비됐어."

둘은 긴장되고 떨리는 마음으로 녹음을 시작했다. 노래가 시작되고, 백세린의 목소리는 공간을 채웠다. 감정이 담긴 가사가 흘러나왔고, 음이 높은 부분도 아름다운 가성으로 훌륭하게 소화해 냈다. 김윤휘는 헤드폰을 착용한 채 눈을 감고 감상했다. 이거, 첫 곡부터 너무 순조롭게 풀리는 거 아닌가 내심 생각했다. 그러다 갑자기 중요한 순간에 그녀의 혀가 꼬여 '사랑'이라는 단어가 '살랑'으로 나왔다. 순간적인 실수였지만, 그 소리가 너무나도 우스꽝스러웠다. 타닥. 김윤휘가 스페이스 바를 눌러 녹음을 중지했다.

"뭐야, 살랑이 뭐야?"

그렇게 말하며 웃음을 터트렸다.

"아니. 하하. 미안 미안 다시 할게 혀가 꼬여가지고. 하하."

백세린도 자신의 실수를 깨닫고는 어이없다는 듯 웃기 시작했다. 웃음이 끝나고, 둘은 표정을 바꾸고 다시 녹음을 시작했다. 백세린은 이번에도 역시나 귀가 녹는 듯한 목소리로 준비한 가사를 깔끔하게 불렀다. 김윤휘는 들으면서 다시 녹음하지 않아도 되겠다고 판단했다. 그리고 다시 한번 '사랑'이라는 단어가 다가올 때였다.

"사… 사… 푸하핫~."

백세린은 또 한 번 미소를 감추지 못하고 손뼉을 치며 호쾌하게 웃음을 터트렸다.

"아~ 진짜 왜 이러지. 하하. 아 미안 미안."

백세린이 재차 사과했지만 김윤휘도 따라 웃으며, 둘의 웃음소리가 작업실 안을 가득 메웠다. 이 웃음은 긴장된 분위기를 완화시켰고, 이후의 녹음은 더욱 자연스럽게 진행될 수 있었다. 그 뒤의 실수는 거의 없었으며 그렇게 첫 곡 레코딩 작업은 순조롭게 끝났다.

다음 날 작업실.

오늘은 이번 앨범 두 번째 곡의 작업이 한창 진행 중이다. 작업이 막바지에 이르렀을 때, 김윤휘와 백세린은 작업실에서 긴장된 하루를 보내고 있었다. 음악의 마무리 단계에서 섬세한 조정이 필요했고, 두 사람은 완벽을 추구하며 집중하고 있었다.

"윤휘야, 이 부분의 기타 사운드가 조금 더 따뜻했으면 좋겠어. 마치 도시의 야경을 바라보며 느끼는 포근함 같은 느낌으로 말이야."

백세린이 제안했다.

"음, 좋은 아이디어야. 나도 그 부분에서 조금 더 감성적인 느낌을 주고 싶었어. EQ 건드려볼게."

김윤휘가 파라미터를 세밀하게 조정하며 응답했다.

"이 정도면 된 것 같은데? 이번 작업은 여기서 마무리해도 될 것 같아."

김윤휘가 흡족한 표정을 지었다.

"정말? 다행이다. 윤휘야 오늘도 정말 수고했어. 아 참. 내 친구가 여기 한번 놀러 오고 싶다는데 괜찮아?"

"친구? 그 같이 동거 중인 친구 말하는 거야? 갑자기 여긴 왜?"

"그냥 내가 맨날 작업실에 있으니까 궁금하대. 너랑 있으면서 생긴 얘기를 걔에게 말하기도 하는데 너를 한번 만나보고 싶대. 괜찮지? 사실 이미 불렀어. 곧 올 거야."

"진짜? 이거 큰일이네."

김윤휘가 핸드폰 카메라로 얼굴을 확인하며 앞머리를

만졌다. 아무래도 다른 여자가 온다고 하니 외모가 신경 쓰이는 모양이었다.

"근데. 그 친구분은 무슨 일한대?"

"아 걔 미술 하는 애야. 나랑은 고등학생 때부터 친구였어."

"그 … 그래?"

그렇게 얘기를 나누고 있다가 잠시 뒤 부드러운 노크 소리가 들렸고, 세린이 문을 열어주었다. 백세린과 동거 중인 친구가 활기찬 모습으로 안으로 들어섰다.

"세린아 안녕! 와, 여기가 작업실이구나!"

친구는 환하게 웃으며 방 안을 둘러보았다. 김윤휘는 백세린의 친구를 처음 만나는 것이라 조금은 어색한 미소를 지었다.

"안녕하세요. 저는 지현이라고 해요. 세린이한테 얘기 들었어요. 윤휘 씨 맞으시죠?"

지현이라는 친구는 살갑게 웃으며 윤휘에게 먼저 인사를 건넸다.

"네 … 안녕하세요."

김윤휘가 어색하게 대답했다.

"세린아, 곡 작업은 끝났어? 나 한번 들어봐도 돼?"

지현이 세린에게 곡을 들어보고 싶다고 제안했다.

"물론이지. 윤휘야 우리 방금 녹음 끝난 거 틀어줘."

윤휘가 노래를 틀어 셋은 노래를 들어보았다. 이번 곡은 첫 번째 곡보다는 좀 더 빠른 템포의 밴드 곡이었다. 밝고 신나는 느낌이었다.

"와 이번 곡도 너무 잘 만들었는데? 도시라는 주제와도 너무 어울려.

특히 도시의 야경을 연상시키는 이 멜로디와 사운드, 정말 마법 같아. 너희들이 이런 음악을 만들 수 있다니, 정말 대단해!"

지현의 말에 윤휘는 쑥스러운 표정을 지어 보이기만 했다. 세린이 대신 대답했다.

"윤휘가 믹싱을 잘해준 덕분이지."

지현은 그들의 음악에 깊은 인상을 받았다. 그녀는 자신의 노트북을 꺼내며 제안했다.

"이 곡에 맞는 앨범 커버 아트워크를 디자인해 볼까?

너희 음악에 제대로 어울릴 만한 그림이 언뜻 떠올랐거든. 그럼 음악도 더 좋게 들릴 거야."

"오 그럼 정말 감사하죠. 어떤 그림이 좋을까요."

윤휘가 감사해 하며 물었다. 지현이 노트북으로 인터넷을 뒤적거리더니 화면을 보여주었다.

그 화면은 핀터레스트라는 사진 사이트에 등록된 어떤 그림이었다. 왠지 레트로한 느낌이었다. 예쁘고 아기자기해서 윤휘도 마음에 들었다.

"윤휘 씨 픽셀 아트라고 아세요? 도시의 야경을 표현한 픽셀 아트를 그리면 정말 찰떡일 거 같아요. 제가 한번 그려봐도 괜찮을까요?"

"아 네네 물론이죠. 너무너무 좋습니다."

윤휘와 세린은 무조건 찬성했다. 지현은 바로 작업에 착수했고, 노래를 들으며 색상과 형태를 고려해 디자인을 시작했다. 백세린과 김윤휘는 지현의 작업 과정을 지켜보며 놀라움을 금치 못했다. 지현은 음악에서 느껴지는 감정과 분위기를 시각적으로 표현하는 데 능숙했고, 그녀의 디자인은 곡의 매력을 더욱 돋보이게 했다. 지현의 등장으로 작업실의 분위기는 더욱 따뜻하고 활기차게 변해 있었다. 그렇게 얼마간의 시간이 흘렀다. 몇 시간의 작업 끝에 지현은 그들에게 최종 디자인을 보여주었다. 앨범 커버는 백세린과 김윤휘가 상상하지 못한 창의적이고 감각적인 결과물이었다.

"헐 … 몇 시간 만에 이런 걸 만드는 게 가능해요?"

결과물을 확인한 윤휘는 입을 다물지 못했다. 윤휘와 세린 모두 그녀의 능력에 경탄했다.

"저 혼자만의 상상력으로는 불가능하죠. 좋은 레퍼런스 작품들을 참고하면 금방 만들 수 있어요."

두 사람은 지현의 디자인에 매료되어 즉시 그것을 앨범 아트로 사용하기로 결정했다.

"지현아, 정말 대단해. 이렇게 멋진 아트워크를 만들어 줘서 고마워. 이 아트워크가 우리 음악을 완성시켜주는 거 같아. 지현아, 네가 없었다면 이 앨범은 지금처럼 특별하지 않았을 거야."

백세린이 진심으로 감사의 말을 전했다. 그 말에 윤휘

도 고개를 끄덕였다.

지현의 방문은 의외의 선물이 되었다. 그녀의 디자인은 김윤휘와 백세린의 음악에 설득력을 더해주었다. 지현의 말대로 음악이 더 괜찮게 들리는 기분이었다.

그들의 EP 앨범은 음악과 시각적 예술이 결합된 훌륭한 작품으로 완성되었다. 지현의 창의성과 재능은 음악 프로젝트에 큰 기여를 하며, 그들의 우정을 더욱 깊게 만들었다. 지현의 방문은 모두에게 새로운 에너지를 주었고, 이 날의 작업은 더욱 생산적으로 마무리되었다.

"윤휘 씨, 세린아, 정말 고마워. 여기 와서 너희들과 함께할 수 있어서 정말 기뻐. 너희들의 앨범이 대성공하기를 바랄게!"

지현이 작별 인사를 하며 말했다. 지현의 말은 두 사람의 마음에도 깊이 울려 퍼졌다.

일주일 뒤. 어느 저녁, 두 사람은 앨범의 마지막 곡 믹싱에 집중하고 있었다. 작업실 안은 조용하고, 오직 컴퓨터에서 나오는 음악 소리만이 들렸다. 그때 갑자기 전체적인 정전으로 인해 모든 장비가 꺼지고 작업실은 칠흑 같은 어둠에 휩싸였다.

"뭐야, 뭐야!" 백세린이 놀라서 외쳤다.

"정전인가 봐." 김윤휘가 짐작하며 불안한 목소리로 말했다.

"정전? 뭐야 무서워. 아무것도 안 보여. 전에도 이런 적 있었어?"

"아니. 나도 모르겠어. 갑자기 왜 이러지."

"야! 맞아. 저장했어?"

"어 저장했어. 나 계속 수시로 저장하는 거 습관이잖아."

어둠 속에서 두 사람은 잠시 당황했지만, 서로를 의지하며 상황을 수습하기 시작했다. 김윤휘는 책상 서랍을 뒤지기 시작했다.

"뭐야, 무슨 소리야? 너 뭐해?"

윤휘가 뭘 하는지 알 수 없는 세린은 겁에 질린 목소리로 말했다.

"서랍에 손전등이 있을 거야. 잠시만 기다려봐."

김윤휘는 작은 손전등을 찾아서 불을 켰다. 그러자 그 불빛으로 사물을 분간할 수 있게 되었다. 하지만 손전등 크기가 너무 작아 잘 보이지 않았다. 김윤휘는 손전등 불빛으로 어딘가를 비추며 말했다.

"세린아 저 상자에 촛불이랑 성냥이 있을 거야."

백세린은 그 빛을 따라 비상 약품 상자에서 촛불과 성냥을 찾아냈다.

"찾았어. 불붙여 볼게."

촛불이 켜지자, 작업실은 은은한 빛으로 가득 찼다.

"이런 분위기도 나쁘지 않네." 백세린이 말했다. 그제야 둘은 안심하며 서로를 쳐다보며 웃었다. 작업실에 불이 들어오자, 그들은 그 독특한 경험을 즐기며 다시 음악 작업에 몰두했다. 이 사건은 두 사람에게 오래도록 기억될 특별한 추억이 또 한 번 추가되는 순간이었다.

화창한 봄 오후, 서울 마포구 연남동의 아기자기한 이탤리언 레스토랑에서 김윤휘와 백세린은 창가 자리에 마주 앉아 있었다. 김윤휘와 백세린은 햇빛이 드는 창가 자리에 앉아 메뉴판을 보고 있다. 밖으로 비치는 햇살과 가벼운 바람은 실내의 분위기를 한층 밝게 만들었다. 메뉴판을 뒤적이던 둘은 취향에 맞는 파스타를 골라 주문했고, 잠시 대화 없이 각자의 생각에 잠겼다. 김윤휘가 물 한 모금을 마시고 컵을 내려놓으면서 먼저 입을 열었다.

"근데 여기서 보자고 한 이유는 뭐야?"

"맨날 작업실 안에만 있으니까 답답하고 그러지 않아? 이러면서 환기시키는거지 뭐."

백세린이 생글생글 미소를 지어 보였다.

"오늘 … 옷도 예쁘게 입고 왔네. 왜 이렇게 꾸미고 왔어?"

"그래? 고마워. 그냥 기분 전환하는 거야."

김윤휘는 창밖 아래를 내다보며 지나다니는 사람을 쳐다보면서 한동안 말을 하지 않았다. 백세린도 그 시선을 따라 사람들을 구경했다. 메뉴가 나오기 전까지 특별히 할 말이 없었다. 오늘은 EP 앨범이 발매된 지 일주일이 되는 날이었지만 이 자리, 이 분위기에서 꺼낼 만한 주제는 아니라고 생각해 입을 닫고 있었다. 둘은 발매일을 손

꼽아 기다렸지만, 그간의 설렘과 기대는 얼마 지나지 않아 허무함으로 바뀌었다. 사람들의 반응은 냉담했다. 며칠이 지나도 예상했던 폭발적인 반응은 나타나지 않았다. 조회수와 스트리밍 수는 기대에 한참 못 미쳤고, SNS에서의 반응도 미적지근했다. 홍보를 위해 여러 시도를 해봤지만, 그 어느 것도 뚜렷한 효과를 보지 못했다. 백세린이 김윤휘를 쳐다보았다. 김윤휘는 말은 하지 않았지만 표정에서 심경이 드러났다. 보통 같으면 무슨 생각하냐는 질문을 했겠지만, 지금은 그가 잠시 가만히 생각하도록 내버려두고 싶어서 폰을 꺼내 이것저것 확인했다. 김윤휘는 자신 때문에 분위기가 무겁게 흘러가는 게 아닌가 내심 걱정했다. 그때 타이밍 좋게 주문한 파스타가 나왔다.

윤휘는 아무 말이나 일단 꺼내기로 했다.

"지현이라는 친구랑은 잘 지내? 같이 사는 건 어때? 잘 안 맞는 건 없어?"

"잘 지내지. 둘이니까 배달시킬 때도 편하고."

백세린이 손으로 입을 가리며 밝게 대답했다. 그 뒤로 날씨가 좋니, 음식이 맛있니, 여긴 와본 적이 있니 등의 생각나는 대로 주저리주저리 실없는 얘기들을 늘어놓다 보니 한결 분위기는 가벼워졌다. 가게 안의 음악은 스키니 브라운, 릴러말즈, 비오 같은 대중적으로 듣기 편한 감성 힙합이 흘러나오고 있었다. 기분 좋은 바람도 불었다.

"세린아 앨범 만드느라 수고해줘서 너무 고마워. 이번 앨범 반응은 별로 좋진 않았잖아. 뭐 그건 다시 좋은 노래 만들면 되지. 근데 당분간 좀 쉬고 싶어. 각자 시간을 가지면서 재정비하는 시간을 가져보는 게 어때?"

세린도 고개를 끄덕였다.

"그래. 열심히 했으니까 다른 거 하면서 충전해야지. 그러다 보면 다시 노래를 만들고 싶어질 거야.

밥 먹고 우리 영화나 보러 갈까?"

"영화라 … 생각해 보니 오랫동안 영화관을 가본 적이 없네. 원래도 밖을 잘 안 나가서 그렇기도 하지만, 코로나 때문에 그런 곳은 가지 않았었으니까."

"맞아. 집에서 넷플릭스만 봤지? 나도 볼 만한 건 다 봐서 이제 볼 게 없더라."

"그래? 뭐뭐 봤는데? 미드도 좋아해? 내가 볼 거 추천

해줄게."

영화 얘기가 나오자 그 주제로 대화가 이어졌다. 식사는 이미 끝났지만 한참을 더 얘기하다가 나와서 영화를 보러 갔다.

두 사람은 영화 관람을 끝내고 영화관을 나왔다. 시간은 오후 4시쯤이 되었고 햇빛의 색감도 따뜻해졌다.

"영화 어땠어?" 세린이 물었다.

"재미없던데."

예상 못 한 짧고 솔직한 반응에 세린은 한층 높아진 톤으로 말했다.

"그치? 중간에 나오려다가 그래도 돈 아까워서 봤잖아. 아. 진짜 시간 아까워. 우리 좀 걸을까? 여기 공원 있잖아."

"그래. 좋아."

백세린의 제안에 숲길로 조성된 거리를 걸어 다니기로 했다. 거리는 젊은이들로 가득했고 나들이 나온 듯한 가족들도 보였다. 애완동물을 산책시키는 사람들도 보였다. 다들 옷도 잘 입고 다니는 것 같았다. 커플들도 많이 보였다. '우리들의 모습도 영락없는 커플 같겠지' 하고 김윤휘는 잠깐 생각했다. 나란히 걷다가 백세린은 옆을 쳐다보고는 물었다.

"그 우수에 찬 눈빛은 뭐야. 무슨 생각해?"

"그냥 기분이 좀 이상해서. 지금 이 풍경들을 보고 있으니까 기분이 묘해."

"모가?"

세린이 의아한 표정을 지었다.

"그냥 뭔가 좀 … 좋아 보여. 웃음소리도 들리고 행복해 보여. 나는 방 안에만 있었는데 말이야.

그게 얼마나 칙칙하고 우중충했었는지 알게 되는 거 같아."

거리는 활기로 가득 차고 생동감 넘치는 모습이었고 김윤휘는 그 모습과 대비되는 자신을 느꼈다. 그 말을 들은 백세린도 다시 주위를 둘러보았다.

"확실히. 그렇긴 하겠네. 밖에 나와보지 그랬어."

"그러게. 믿기지 않겠지만 나도 가끔 그랬으면 좋겠다는 생각을 할 때가 있어. 하지만 딱히 만날 친구가 없으니까. 넌 아싸의 고충을 몰라. 하하."

"그럼 내가 오늘 좋은 경험시켜 준 거네? 하하."

"고마워. 덕분이야. 이렇게 밖에 나오고 사람도 만나는 건 확실히 좋은 활동이야. 방 안에서 내 세계에 갇혀 있는 것보다 이렇게 다른 사람들의 정서를 확인하는 게 남들도 공감할 수 있는 예술을 하는 데 도움이 될 것 같아. 나도 다른 사람이 느끼는 것들을 느낄 수 있고 말이야."

"음. 그래 그렇구먼."

"아, 내가 또 진지했나?"

"응 좀 진지했어."

세린이 장난기 섞인 말투로 말하자 둘은 동시에 웃음을 터뜨리며 분위기가 또다시 풀리면서 환기되는 걸 느꼈다. 얘기하다 보니 해는 기울어져 어느덧 노을이 지고 있었다.

"세린아 고마워. 다시 도전할 에너지와 동기부여가 생기는 느낌이야. 너랑 있으면 항상 좋은 기운을 얻고 가는 거 같아."

"쳇."

세린은 미소만 지을 뿐 대답하지 않았다. 윤휘도 순간

방금 말이 좀 낯간지럽다는 생각은 들었지만 아무렴 어떤가 하고 넘겼다.

"윤휘야, 나 이번 EP로 많이 배웠어. 결과가 좋든 나쁘든, 우리가 만든 음악에 후회는 없어."

윤휘는 고개를 끄덕이며 대답했다.

"그래, 나도 그렇게 생각해. 우리가 할 수 있는 최선을 다했으니까. 다만 다음에 만드는 음악은 오늘처럼 평범한 보통의 하루에 녹아드는 음악이 되었으면 좋겠다는 생각이 들어. 이번 앨범이 도시 전체의 화려한 모습에 초점을 맞췄다면 그 안에서 살아가는 사람들의 모습은 신경 쓰지 못했달까."

해가 지면서, 둘은 각자의 집으로 돌아갔다.

띠리리~.

도어록 소리와 함께 백세린은 집 안으로 들어섰다. 신발장에 신발을 벗어두고 거실의 불을 켰다.

"지현이는 또 늦게 올 건가 보네…."

요즘 지현은 대학 생활과 새로운 대학에서 새로 사귄

친구들과 밤늦게 놀러 다니느라 집에 들어와 있는 시간이 부쩍 줄었다. 세린에게는 상대적으로 소홀해질 수밖에 없었고, 세린은 집에 들어오면 혼자 지내는 시간이 늘게 되었다. 냉장고의 문을 열고 냉동시켜 둔 밥과 남은 반찬들을 꺼냈다. 밥은 전자레인지에 돌리고 거실에 있는 낮은 테이블에 식사거리를 세팅했다.

그리고 티비를 틀고 예능 프로를 보며 혼자 밥을 먹었다. 밥을 먹으면서 인스타그램을 하다가 팔로우해둔 빈티지숍의 라방을 시청하면서 옷을 보기도 했다. 지현에게도 문자를 보내봤다. 뭐 하는지. 오늘은 언제 오는지. 잠시 뒤 답장이 왔지만, 동기들이랑 술을 먹느라 늦게 들어갈 거 같다고 한다.

"이럴 때가 아니지. 뭐라도 해야 돼."

밥을 다 먹은 세린은 그릇들을 싱크대에 놓고 티비를 껐다. 백세린은 자신의 방으로 들어가 창가에 가만히 앉았다. 조용한 방 안, 손에 든 펜과 마주한 그녀는 창밖을 바라보며 생각에 잠겼다. EP 발매 이후 기대에 미치지 못하는 미온적인 반응에 불안과 조급함을 느끼며 마음이 무겁게 짓눌렸다. 윤휘와 있을 땐 티를 내지 않았을 뿐. 그녀도 사실은 힘들었다. 그래서 이번에는 대중적인 성공을 거둘 수 있는 가사를 쓰기로 결심했다. 종이 위에 펜을 갖다 대면서, 거리에서 들리는 노래들, 차트를 장악하고 있는 대중적인 곡들을 떠올렸다.

"네가 없는 밤은 너무 길어, 하늘에 별도 달도 나의 슬픔을 알아, 사랑해 너를 넘어, 영원히 함께하자고…."

머릿속은 뻔한 사랑 노래의 클리셰와 유행하는 멜로디로 가득 찼다. 그녀는 요즘 유행하는 감성곡들을 레퍼런스 삼아 계속해서 가사를 써 내려갔다. 펜을 든 손이 멈칫거렸다.

"너의 미소 한 번에, 내 세상은 빛나고, 사랑이란 단어로, 모든 걸 설명하고…."

하지만, 가사를 쓸수록 백세린의 마음은 점점 더 혼란스러워졌다. 이렇게 쉽게, 빠르게 쓰인 가사들이 정말 자신이 전하고 싶은 메시지인지, 자신의 음악이 담고 싶은 진실인지 의문이 들었다. 백세린은 자신이 쓴 가사를 바라보며 점점 더 큰 불만과 스트레스를 느꼈다. 대중적인 성공을 위해 자신의 예술적 정체성을 희생하고 있다는 생각에 마음이 무겁게 짓눌렸다. 진부한 감정 묘사에 실망하며, 그녀는 종이를 찢어버리고 깊은 한숨을 쉬었다.

"이게 아니야 … 이것도 아니고…."

무엇이 잘못되었는지, 왜 자신의 음악이 사람들의 마음을 울리지 못하는지에 대한 답을 찾지 못해 백세린은 점점 더 큰 좌절감을 느꼈다. 그녀는 책상에 이마를 기대고 잠시 모든 것을 잊으려 했다. 이런 가사를 써봤자 똑같은 일이 되풀이되기만 할 뿐이라는 느낌을 지울 수 없었다. 그날 밤은 그렇게 지나갔다.

소리의 조화

"세린아. 잘 지냈어?"

김윤휘의 작업실 문을 열고 들어오는 세린을 보고 윤휘가 의자를 돌려 뒤돌아보며 말했다. 며칠간 각자의 시간을 가진 뒤 둘은 다시 만났다.

"윤휘야 안녕. 너도 잘 지냈어?"

세린은 여느 때처럼 밝고 환한 미소를 지으며 인사했다.

"응. 나야 뭐 … 똑같지."

세린의 말에 대답하며 표정을 살피던 윤휘는 오늘은 뭔가 분위기가 다른 것 같다는 이상한 느낌을 받았다. 그녀는 웃고 있었지만 어딘지 모르게 슬퍼 보였다.

"뭐라도 마실래? 무슨 일 있어?"

윤휘가 조심스러운 말투로 묻자 세린은 말없이 고개를 끄덕였다. 둘은 커피를 마시며 편하게 앉아 얘기를 시작했다. 세린이 먼저 말을 꺼냈다.

"그냥 요즘 좀 힘들어 … 요즘 혼자 있으니까 괜히 우울하고. 가사라도 쓰려고 해봤는데 가사도 잘 안 나와. 예전엔 사람들이랑 항상 같이 어울려 다녀서 혼자인 걸 느낄 틈도 없었는데, 혼자 있으니까 내가 그냥 좀 외로워서 그런 건가 싶고. 지금 하는 게 맞는지 모르겠어 … 그냥 모르겠어 … 그냥 좀 기분이 그래…."

세린은 말을 하면서 감정이 북받치는지 목소리는 조금씩 떨리면서 눈가가 촉촉해졌다.

"지현이랑 얘기를 많이 해보지 그래? 같이 살면서 항상 붙어 있는 거 아니었어?"

"걔도 요즘 바빠. 집에도 잘 안 들어와."

윤휘는 한동안 무슨 말을 건네줘야 할지 몰라 침묵이 흘렀다. 무엇이 문제일까. 어떻게 해야 할까. 아무리 생각해봐도 이 문제는 자신이 어떻게 해줄 수 있는 부분이 아닌 듯 보였다.

"너의 성격상 혼자 있는 게 낯설고 불안했겠네. 힘들었겠네. 나라도 힘이 되었으면 좋겠어. 가사는 잘 안 써지는 게 왜 그런 거 같아? 내가 도움을 줄 수 있는 게 있으면 도움을 줄게."

"자꾸 뻔한 가사만 나와. 내 기분은 이 모양 이 꼴인데 안 그런 가사를 쓰려니까 다 마음에 안 들고 안 내켜. 그냥 … 사람들이 좋아하는 모습만 보여줘야 할 거 같은 거야. 내가 지금 어떻든 간에 안 그런 척하고 밝은 모습만 보여줬었어. 너무 솔직하고 싶지 않은 건지, 그러기 두려운 건지 나도 나를 잘 모르겠어."

"응 … 그랬었구나…."

"그래서 기분을 좀 바꿔보려고도 했어. 좋아하는 음악을 듣는다든지, 옷을 산다든지, 친구랑 연락을 한다든지 해봤는데 그것도 잠깐뿐이었어. 결국 바뀐 건 없잖아. 제자리에 멈춰서 아무것도 못 하고 있는 건 변하지 않잖아. 나만 멈춰 있는 거 같아서 조급하고. 보란 듯이 잘하고 싶고 인정받고 싶은데 그러지 못하니까 짜증 나고 혼자 스트레스 받고 … 너무 싫어서 어떻게 해야 할지 모르겠어…."

그녀는 깊은 한숨을 내쉬었다. 울컥함에 더 이상 말을 잇지 못했다. 그러자 윤휘는 조금 당황했는데, 이런 상황에서 공감과 위로의 말을 건네주는 것이 서툴기 때문이었다. MBTI 중에서 T의 성향에 가까운 그는 나름의 방식대로 최선의 말을 해줘야겠다고 생각했다.

"괜찮아 세린아. 꼭 밝은 가사를 쓰지 않아도 돼. 그러지 않아도 좋은 가사를 쓸 수 있을 거야. 난 오히려 그런 노래가 더 좋기도 해. 내가 옆에서 같이 도와줄게. 괜찮아."

백세린은 고개를 절레절레 흔들었다.

"마음은 고맙지만 그건 내 이미지랑은 맞지 않아. 솔직히 말해서 자신 없어. 사람들은 그런 내 모습을 좋아해 주지 않는걸. 내가 징징거리면 사람들은 나를 떠나갈 거라는 걸 알아. 내가 진짜 나로 있을 때 사람들은 나한테 실망하고 떠나갈 거야. 윤휘야. 사람이 하고 싶은 것만 하면서 살 순 없는 거야."

이 말은 윤휘도 어느 정도 공감되는 부분이 있었다.

"내가 뭐라고 하는지도 모르겠다 … 미안해. 듣기 싫지? 아 … 진짜…."

그녀의 호흡은 불안정했고, 이내 울음을 터트리고 말았다. 훌쩍거리며 흐르는 눈물을 닦았다. 윤휘는 조심스럽게 그녀의 손을 잡았다. 어설프게 잘하지도 못하는 위로 대신 그냥 자기 생각을 말하기로 했다.

"아니야. 세린아. 이런 얘기해줘서 고마워. 들어봐. 일단 내가 보기에 너는 자신을 좀 더 사랑할 필요가 있어 보여. 나도 너처럼 그렇게 생각했었어. 요즘 내가 평소에 하던 생각이랑도 많이 통하는 부분이 있는 거 같아. 나도 늘 혼자 지내. 물론 그게 편하기도 하지만, 그런 나도 고독하고 외롭다는 생각은 해. 옆에 누군가 있어줬으면 좋겠다는 생각이 들어. 그래서 다른 사람을 만나보기도 했지. 근데 그렇게 해서 만난 사람과는 상처만 남을 뿐이었어. 다른 사람이 '잘하고 있어.' '이대로 괜찮아.' 이렇게 말해줘도 내 현실이 고통으로 가득 찬 건 변하지 않아. 맞아. 너 말이 맞아. 다른 걸로 잠깐 잊어봤자 바뀌는 게 없잖아. 현실은 받아들이기 힘들어. 나도 사람 대하는 게 너무 어려워서 힘들어."

이 말을 하고는 다음 할 말을 생각하느라 정적이 흘렀다. 세린도 아무 말을 하지 않았다.

윤휘는 말을 이어갔다.

"그리고 가사…. 그래, 너는 혼자인 게 싫으면서도 가사를 잘 쓰고 싶은데 잘 안 돼서 힘든 거야. 나도 대중적이고 에너지 있는 음악을 만들어야겠다는 생각을 많이 해. 나라고 항상 차분하거나 슬픈 건 아니니까. 하지만 어떨 때는 정말 슬프고 우울한 음악이 나와. 이별 감성 노래를 듣고 난 뒤의 좀 센치한 기분 같은 게 아니라. 그냥 진짜 밑도 끝도 없이 날 집어삼켜 버릴 듯한 슬픔이 밀려와. 진짜 거기에 잠식당해서 질식해 버릴 것 같은 슬픈 마음 있잖아."

"응…."

"그래서 그땐 그냥 내 감정을 애써 무시하기로 하고 일을 했어. 내 감정을 죽여버렸어. 그 시간이 아깝고 쓸데없다고 생각해서 그런 것도 있지만, 그 상태로 가만히 있게 될수록 어두워지는 거 같고 힘들어지니까. 물론 그런 적이 있었다는 거지 지금 우리가 일해야 된다는 건 아니야."

"응…."

"나는 때때로 미치지 않고서는 제정신으로 살아갈 수 없겠다고 생각해. 친구는 배신하고 사랑은 영원하지 않아. 내가 어떻게 되든 상관하지 않고, 내가 잘되면 솔직히 누군가는 내가 망하길 바라겠지. 내 편은 아무도 없어. 내가 편히 있을 곳은 없다고 생각했어. 그럼 도대체 왜 사는 걸까? 하고 생각했어 … 부모님 때문에? 죽고 싶어도 그러기 미안하니까? 그럼 엄마는 나를 왜 낳았을까. 나는 왜 이렇게 고통 가득한 세상에 태어났을까. 내 마음은 이렇게 아픈데. 나는 어떻게 살아야 할까?"

"그렇게까지 생각했구나…."

세린은 윤휘의 발언이 좀 극단적이라고 생각했다.

"응. 그렇게 생각했었어. 진짜로. 정말 깊게 생각해 봤어. 근데 계속 가만 생각해 보니까 아니더라고. 나는 다른 사람 때문에 사는 게 아니야. 난 사실 살고 싶어 해. 내 삶은 그럴 만한 의미와 가치가 있기 때문이야. 내가 있으면 세상은 바뀌어. 그렇게 믿으니까. 적당히 주워들은 거를 말한다고 들릴지 모르겠지만, 진심으로 느껴서 하는 말이야."

또다시 잠깐의 정적이 있었지만, 다시 말을 이어갔다.

"지금쯤이면 너도 날 어느 정도 알겠지만 난 엄청 게을러. 장래 희망은 돈 많은 백수에 평소 하는 짓은 히키코모리야. 방 안에 박혀서 아무것도 하기 싫어하는 병신 새끼야. 난 고등학생 때까지 딱히 뭐 하나 제대로 하는 거 없이 병신처럼 살고 있었는데, 음악에 감동을 받았고 힘을 내고 용기를 냈어. 어떤 음악이나 아티스트에 광적으로 빠지면 그렇게 되는 거 같아. 그래서 나는 앞으로 뭐가 되어야 할까? 생각했을 때, 잘 모르겠지만 내가 그랬던 것처럼 나도 감동을 주는 사람이 되면 좋겠다고 생각하게 됐어. 물론 내 예술을 왜곡해서 받아들이는 사람도 있겠지만, 나중엔 사람들이 내 진심을 알고 내 뜻을 알게 됐으면 좋겠다는 생각으로 하는 거 같아. 그래서 내가 가진 진심을 보여주는 게 중요하다고 생각해. 예술은 자아실현이야. 그러니까 하고 싶은 말은, 때로는 내 감정을 돌봐주자. 그건 쓸데없는 게 아니야. 그게 사람을 살리는 거야. 그런 아픔을 겪어봤기 때문에 그걸 양분 삼는다면 사람을 살리는 음악을 만들 수 있을 거야."

"너도 뭔가 사연은 있었나 보구나. 그렇게 생각했다니. 솔직하게 말해줘서 고마워. 그 말을 들으니까 나도 좀 많이 느끼는 거 같아."

"뭐 … 응 … 너한테 도움이 되는 말이었다면 다행이네."

"윤휘야."

"응."

"넌 이 세상에 진정한 내 편이 아무도 없다고 느꼈을 때 기분이 어땠어?"

윤휘는 커피를 한 모금 마시고 한숨을 돌렸다. 컵을 만지작거리며 고민하다가 대답했다.

"영화 한 편을 봤어."

"무슨 영화인데?"

"〈쇼생크 탈출〉 끝없는 절망의 어둠 속에서 빛 한 줄기를 따라간 사람의 이야기야. 살면서 7~10번은 본 거 같아."

세린의 눈이 사슴의 눈망울처럼 반짝거렸다.

"그래? 나도 들어보긴 했는데. 나중에 한번 봐야겠다."

세린은 피곤한지 말이 없어졌다. 그럴 것이 윤휘는 말을 길게 했는데 단어 하나하나를 생각하고 조합하면서 말하느라 매우 오랜 시간이 걸렸기 때문이다. 그건 듣는 사람 입장에서도 피곤했다. 처음 만난 시간으로부터 지금까지 3시간 가까운 시간이 지나 있었다.

"윤휘야. 나 잠시 자도 돼?"

"응. 물론이지."

세린은 담요를 이불 삼아 소파에 누워 잠을 잤다. 윤휘도 말을 하면서 감정을 소모한 까닭인지 머리가 아팠다. 하지만 왠지 지금 작업을 하면 괜찮은 곡이 나올 거 같았다. 가끔 이럴 때가 있다. 감정은 시간이 지나면 증발해서 날아가기 때문에 어떤 감정이 찾아왔을 때 지금 작업해야겠다는 느낌이 들 때가 꼭 있다. 지금이 딱 그랬다. 세린이 자는 사이 윤휘는 새 미디 프로젝트를 열어 작업을 시작했다.

소파에서 잠깐 눈을 붙인 세린이 눈을 떴을 때, 앉아서 작업하고 있는 윤휘의 뒷모습이 보였다. 뒤척이는 소리에 윤휘가 헤드폰을 벗으며 뒤를 돌아보았다.

"일어났어? 좀 괜찮아?"

세린이 기지개를 켰다.

"응 … 뭐야. 작업하고 있었어?"

윤휘는 말없이 알 수 없는 미소를 지어 보였다.

"뭐야. 뭔데. 그 웃음은."

"괜찮은 곡이 나와서. 아니. 괜찮은 정도가 아니라 솔직히 개좋은 거 같아서. 한번 들어볼래?"

"그래. 한번 들어볼게. 개좋다니. 하하. 너 내가 많이 편해졌구나? 웃겨. 비속어 안 쓰더니."

윤휘의 평소 같지 않은 단어 선택에 어이가 없어서 웃음이 나왔다. 속 깊은 얘기를 털어놓아서인지 좀 더 친해졌다는 느낌을 받았다. 세린은 윤휘 옆에 앉아 그가 만든 비트를 들어보았다.

A 메이저 키에 130(65)bpm. 악기 구성은 일렉트릭 피아노로 코드감을 연주했고, 기타 아르페지오 반주가 있었다. 특이한 점은 리드 신스와 벨 플럭 등의 악기도 추가되어 멜로디를 더욱 다채롭게 만들었다. 하이 음역대에는 스트링이 사용되었다. 사용된 드럼 소스는 트랩 같았다.

세린이 들으면서 말했다.

"오 약간 포스트 말론이나 애쉬아일랜드 같은 emo 힙합의 느낌이 있으면서도 알앤비스러워."

"내 의도를 정확하게 파악했는걸. 나는 폴 블랑코나 트리피 레드를 생각했어. 너가 말한 아티스트와 비슷한 결이지. 밝으면서도 슬픈 느낌이 있는 게 너한테도 잘 맞지 않을까 싶어. 사실 원래 난 슬픈 노래도 메이저 키로 만드는 걸 좋아하긴 해."

"고마워. 정말 좋은 비트인데? 내가 여기에 잘할 수 있을지 부담될 정도야. 아, 원래도 부담감을 갖고 임했지만."

"그것도 많이 걱정하지 않아도 될 것 같아. 내가 가이드로 생각해둔 가사와 멜로디가 있어. 내가 한번 불러볼 테니까 다시 한번 들어봐."

"정말? 이미 거기까지 했단 말이야? 너가 작사하고 보컬도 했었나?"

"아니. 난 작곡 편곡만 하지. 노래를 못 부르니까. 근데 정말 어쩌다 가끔 그냥 떠오를 때가 있어. 여기에 이렇게 하면 좋겠다고."

"알겠어. 해봐."

윤휘는 메모장에 적어둔 가사를 띄워두고 음악을 재생시켰다. 그리고 가사를 보면서 노래를 흥얼거려보았다. 세린도 그루브를 타며 반응했다.

음악이 끝나자 세린이 말했다.

"이거 메모장에 써놓은 가사 나한테 카톡으로 보내줄래? 나한테 맞게 수정해 볼게.

이 노래 나 너무 마음에 들어."

"진짜? 다행이다. 하하 … 가사가 조금 유치하긴 하지? 아무래도 생각나는 대로 빠르게 썼다 보니까."

윤휘는 부끄러워하며 민망한 웃음을 지었다.

"괜찮아. 지금도 날것의 감성이 느껴져서 좋아. 그래도 더 많은 사람이 들으려면 수위를 낮출 필요가 있어 보여."

윤휘가 처음 쓴 가사는 세린이 보기엔 꽤 자극적이었다. 욕설이 포함되어 있기도 했다. 부적절하다고까지 느끼진 않았지만, 표현을 순화할 필요가 있다고 판단했다.

"아 그리고 어떤 생각을 하면서 쓴 가사인지 설명해 줄 수 있을까? 해석을 들으면 수정하기 편할 듯해."

"음 … 잡고 싶은 꿈이랄까. 자아랄까 … 그런 모습을 연인의 사랑에 빗대어 표현한 거야. 근데 듣는 사람에 따라 해석은 달라질 수 있다고 생각해. 받아들이기 나름이지. 난 국어 시간에 화자의 의도나 심정을 서술하시오 같은 문제를 정말 증오했거든."

"가사는 이제 더 수정할 부분 없지? 이제 녹음 시작해 볼까?"

"그래. 기대되는데? 빨리해 보자."

세린이 헤드폰을 쓰고 마이크를 집었다. 윤휘가 처음 썼던 가사는 세린이 2시간가량 걸려 수정을 끝낸 상태였고, 바로 녹음을 시작하기로 했다. 윤휘가 녹음 시작 버튼을 눌렀고, 세린은 감정을 잡고 노래를 시작했다.

verse)
세상이 미워 원망했었지
잡으려 해도 멀어질 뿐인걸

내가 저지른 실수와 나쁜 짓들
주워 담기엔 너무 늦어버렸는걸

갑자기 찾아온 이별에
바보같이 멍하니 서 있을 뿐이었어

oh~ oh~ oh~ huh~

hook)

I long to return to that time.

내가 어떻게 해야 돌아와?

난 너가 그리워서

꿈속 안에서 널 그렸어

그리워서~ 그리워서~

You're settled in my life

내가 어떻게 해야 돌아와?

난 너가 그리워서

꿈속 안에서 널 그렸어

그리워서~ 그리워서~

verse)

심장이 아파. 마음이 미어져 가라앉고 있잖아

깊숙이 감춰두고 그저 숨을 죽였어.

사랑이란 거짓말에 속아도 결국에 상처만 짙어져

또 혼자가 되었지 난, 어째서 떠나버린 거야 넌 왜?

내 맘 가져가~ 난 망가져가~ oh ⋯.

난 뭐해 이제 너가 옆에 없는데 ⋯.

어느새 담배는 짧아졌네

그래서 하나 더 불을 붙였네

hook)

I long to return to that time.

내가 어떻게 해야 돌아와?

난 너가 그리워서

꿈속 안에서 널 그렸어

그리워서~ 그리워서~

You're settled in my life
내가 어떻게 해야 돌아와?

난 너가 그리워서
꿈속 안에서 널 그렸어

그리워서~ 그리워서~

verse)
저녁 산들바람은 부드럽게
작은 속삭임이 내 마음을 흔들었어

잡힐 듯 잡히지 않는 그 소리에
오랜 침묵 뒤에 숨겨둔 말을 찾았어

마음을 덮을 새로운 이야기를 원해
나는 좌절과 상실의 노래를 불러

이 노래가 너에게 닿기를
어둠 속 작은 빛이 되어주기를

hook)
I long to return to that time.
내가 어떻게 해야 돌아와?

난 너가 그리워서
꿈속 안에서 널 그렸어

그리워서~ 그리워서~

You're settled in my life
내가 어떻게 해야 돌아와?

난 너가 그리워서
꿈속 안에서 널 그렸어

그리워서~ 그리워서~

그렇게 둘은 밤늦게까지 녹음을 하고 음악을 완성시켰다.

백세린은 택시의 뒷좌석에 앉아 창밖의 풍경에 눈을 두고 있었다. 그녀가 지금 보고 있는 것은 여의도의 번화한 거리였다. 그녀는 스마트폰으로 유튜브 영상의 댓글을 하나하나 스크롤 하며 확인해 보았다. 몇 주 전 그녀는 한 소셜미디어 기업의 섭외로 이번 싱글 곡의 라이브 퍼포먼스 영상을 찍었는데, 밴드 세션으로 찍은 이 영상은 유튜브 채널에 올라가며 2주 만에 500만 조회 수를 돌파했다. 몇 주 전에 발매한 싱글로 인한 뜻밖의 성공이었다. 갑자기 달라진 삶이 아직은 실감이 나지 않으면서도, 자신의 방향을 명확히 해야 할 시기임을 느꼈다.

택시는 어느 건물 앞에 멈춰 섰다. 간단한 인터뷰 영상을 촬영하기 위해 이곳에 온 것이다. 그녀는 건물로 들어가 엘리베이터를 타고 위층으로 올라갔다. 도착하자 한 스튜디오에서 대기하던 스태프들이 있었고, 그녀를 보자 반겼다. 그녀가 스튜디오 한가운데 놓인 의자에 앉은 채로 촬영이 시작되었고, 맞은편에 있는 피디가 질문을 하나씩 던졌다. 이번 싱글의 성공을 예상했는지, 어떤 심정인지 같은 다소 평범한 질문들로 인터뷰는 무난하게 이어졌다.

"앞으로의 활동 계획은 어떻게 되시나요?"

이 질문에 백세린은 처음으로 대답을 조금 머뭇거렸다.

"저는 사실 … 뮤지컬 배우가 꿈이었거든요. 이번 곡을 많이 들어주시고 이렇게 관심 가져주신 게 너무 감사할 따름이고요. 저한테 큰 용기가 되었고 자신감을 갖게 했어요. 그래서 원래 제가 해보고 싶었던 일을 다시 도전해보려고 해요. 물론 이런 대중음악도 지속할 생각이고요."

그녀의 답변에 스태프들은 매우 놀라는 표정을 지으면서도 금방 화색이 돌았다. 하나 건졌다는 생각이 들었기 때문이었다. 조금 전의 질문과 답변은 썸네일 제목용으로 나 쇼츠용으로나 아주 좋은 클립이었다. 인터뷰는 짧게 끝났고, 귀가하셔도 된다는 얘기를 들었다. 스태프들은 카메라 앞에 모여서 찍힌 영상들을 확인해 보고 있었다. 세린은 스마트폰을 확인해 보며 새로운 알림들을 눌러보았다. 윤휘에게 연락이 와 있었다. 할 얘기가 있으니 같이 밥 먹자는 것이었다.

세린은 윤휘에게 전화를 걸었다.

"여보세요. 어 윤휘야. 나 지금 방금 촬영 끝나서 지금 확인했어. 내가 홍대로 갈까?"

"아 그 인터뷰 촬영? 그래 잘했네. 응. 시간 되지? 이따 보자."

합정역 근처의 돈가스집에서 두 사람은 만났다. 둘은 돈가스와 냉모밀, 가라아게를 먹으면서 서로의 근황을 얘기했다.

"그래. 뮤지컬 배우가 되고 싶다고?"

세린이 콜라가 든 컵의 빨대를 괜히 휘저었다.

"응. 사람들한테는 이렇게 빨리 얘기할 생각은 아니었

는데, 인터뷰하다 보니 일찍 얘기하게 돼 버렸어."

"그래. 잘 생각했어. 하고 싶은 걸 해야지. 나는 너의 선택을 존중해."

윤휘는 그렇게 말하고 다시 먹는 것에 집중했다.

"정말? 그렇게 말해줘서 고마워. 네 덕분이야. 너의 영향으로 결정을 내릴 때 내 선택을 좀 더 믿어볼 용기가 생겼던 거 같아. 이번 곡도 너가 곡을 너무 잘 줘서 이렇게 될 수 있었던 거고."

"고마워. 하지만 우리 곡이 이렇게 알려진 건 너가 잘했다고 생각해. 너는 밝고 긍정적이고 사람들을 사로잡는 매력이 있어. 그래서 사람들은 그런 매력에 끌린 거야."

"내가 귀여우니까?"

"그건 … 뭐…."

김윤휘의 머뭇거리는 반응에 세린이 웃음을 터트렸다. 그녀가 가끔 이렇게 훅 들어오면 그는 어쩔 줄 몰라 했다.

"하하하. 그래도 일단은 노래가 좋아야 뭐라도 하는 거지. 근데 왜 이번 노래만 이렇게 잘된 걸까? 그 전의 EP도 열심히 만들었고, 그 노래들도 꽤 좋았단 말이야. 그렇지 않아? EP도 솔직히 좋잖아."

"그건 그래. 나도 노래 진짜 좋은데 왜 몰라주지? 라고 생각하고 솔직히 짜증도 났어. 근데 지금 다시 생각해 보면 돋보일 만한 특이점에 없었기 때문이 아닐까 … 싶어."

"특이점?"

"그런 거 하는 사람은 이미 많잖아. 어디서 들어본 것 같거나 다들 하고 있는 감성곡 같은 느낌이어서 그랬던 게 아닐까 싶어. 근데 너무 아쉬워하지 마. 이번 싱글이 잘되면서 EP도 들어보고 좋다고 하는 사람들도 많아지고 있어. 확실한 수요층이 있는 음악이니까 다들 하는 거겠지."

"응. 그렇긴 해. 일리 있는 말이야. 근데 그렇게 치면 이번 곡도 마찬가지 아니야? 좀 더 유니크하긴 하지만 그렇다고 해서 세상에 없는 스타일도 아니었어."

윤휘는 벽을 쳐다보며 골똘히 생각해 보았다.

"그래 맞아. 음악의 차이나 장르가 달라서 그런 것도 아니었어. 이건 내 개인적인 생각이지만 이전 곡에서 너는 노래를 불렀기 때문이야. 하지만 이번 곡에서는 네 얘기를 했어. 감정 면에서 느껴지는 게 있냐 없냐의 차이인 거 같아. 아마 다시 녹음해도 그날 감정 안 나올 거야."

세린도 깊이 공감하며 대답했다.

"잉 진짜 … 나도 노래 들을 때마다 그날 감수성이 떠올라서 기분이 변하는 거 같더라."

"응응."

그리고 세린은 또 뭔가 할 말 있어 보이는 표정을 지으며, 입을 씰룩거렸다. 윤휘는 그녀의 표정을 보고는 의중이 무엇인지 궁금해졌다. 윤휘가 이런 상황에서의 적절한 질문은 무엇인가 하며 망설이고 있을 때, 세린이 먼저 입을 열었다.

"우린 음악적으로 좋은 파트너야. 근데 내가 앞으로 배우도 하게 되면 합을 맞춰보는 시간이 적어질 텐데 솔직하게 어떻게 생각해? 사실 아까 말을 꺼내면서도 좀 미안했었어.

윤휘 너는 앞으로 어떻게 할 거야?"

윤휘는 어렵지 않게 대답했다.

"괜찮아. 아쉽지 않아. 오히려 잘된 거지. 분명 너랑 있으면 좋은 음악이 나오고, 많은 작업을 같이 해왔으니까 편하다고 생각해. 하지만 나도 음악 외에 다른 것도 도전할 거야.

나는 책을 써서 작가가 될 거야. 안 그래도 얘기하려던 참이었는데 먼저 물어봐줘서 고마워."

"그래? 작가? 진짜? 오 … 너랑 어울리긴 해. 이미지상. 그래도 너가 글을 쓰는 줄은 몰랐는데. 의외다.

무슨 글을 쓸 건데?"

"에세이를 쓸까 하는 중이야. 평소에 일기를 많이 썼고, 가장 일기 같은 글이 에세이여서.

중학생 때는 여행 작가가 되고 싶다고 생각했었어. 근데 내가 뭐 성격상 밖을 나돌아다니질 않으니까. 그런 글을 쓸 수 없었지."

"음악에 관심이 있기 전부터 작가가 되고 싶어 했구나. 그럼 너도 원래 하고 싶었던 거를 하는 거구나. 나랑 같네.

그럼 지금 써놓은 거 있어?"

"쓰고 있는 게 있긴 한데 … 그건 지금 보여주긴 민망하니까 나중에 책으로 나오면 말해 줄게.

요즘 특별한 경험이랄게 없었는데 너랑 있으면서 새로

운 영감을 많이 받게 됐어."

"오 그래? 재밌겠네. 나중에 내가 첫 번째로 읽어볼게. 기대할게."

"하하…."

세린은 형식적인 리액션이 아닌 윤휘가 어떤 글을 쓸지 진심으로 호기심을 갖는 듯 보였다.

그녀의 관심과 기대가 왠지 부담스러웠다. 아직은 준비되지 않은 상태였기 때문이었다. 처음 음악을 시작했을 때 남에게 자기 음악을 들려주기 부끄러워했던 때가 잠시 생각났다. 이런 시기도 잠깐이겠지. 윤휘는 화제를 돌릴 만한 얘깃거리를 생각했다.

"응응. 고마워. 밥 먹고 피시방이나 갈까? 아이스티 시켜 놓고 꿀이나 빨아야겠다. 이제 음원도 잘됐겠다. 한 번 충전할 때 5만 원씩 충전하고, 먹을 거 시킬 때 토핑도 이것저것 추가하고, 스무디도 시키고. 아 벌써부터 행복한데?"

"싫어. 피시방 그만 가. 오늘 날씨 좋으니까 밖에서 놀자."

"응 …? 어 … 알겠어. 뭐 나도 사치 부리는 거 치곤 너무 검소하다고 생각했달까…."

그녀가 윤휘를 혼내며 말했다.

"그게 아니잖아. 오늘 나 룩 안 보여? 이렇게 예쁘게 입고 나왔는데 피시방을 가자니. 말이 되는 소리야?"

윤휘가 그녀의 옷을 살펴보았다. 위에서부터 화장에 헤어핀에 몸에 딱 붙는 퍼 재킷에 쇼트팬츠에 벨트. 레그워머에 굽 높은 신발을 신고 있었다. 전체적으로 스타일리시했다. 하긴, 낮에 촬영이 있었으니 예쁘게 꾸미고 나왔겠지.

세린이 손가락을 펼치며 말했다.

"이거 어때? 이번에 새로 한 네일이야."

"응 … 예쁘네…."

그녀의 표정이 뾰로통해졌다.

"뭐야. 반응. 좀 더. 있잖아. 좀 더 놀라는 반응을 보이란 말이야. 너는 모르겠지만 한국에서 이렇게 해주는 곳 찾기 힘들거든?"

"그래? 아. 아니야. 나도 진짜 이쁘다고 생각하던 중이었어. 어어 진짜야."

"그래 그럼 됐고. 남산타워 가자. 야경 보면서 사진 찍을 거야."

"아 그래? 거기 케이블카도 있잖아. 나도 가보고 싶었어. 잘됐네. 근데 거기 밤에 가야 예쁘잖아. 그러니까 그 전까지만 피시방에서 시간 때우다가 가는 게 어떨까?"

"그래. 하는 수 없지. 알겠어."

둘은 이후로도 이런저런 잡담을 하다가 식사를 마치고 근처 피시방에서 게임을 하면서 시간을 보냈다.

남산 서울타워. 둘은 내부에 있는 카페에서 커피를 마시며 찍은 사진들을 확인해 보고 있다.

"이거 사진 잘 나왔네. 이것도 하트 눌러놓는 게 어때."

세린이 사진을 넘겨보고 있었는데, 윤휘가 말했다. 그 말에 세린이 하트 표시를 누르자 사진은 좋아요 누른 항목에 자동으로 저장되었다.

"고마워. 너가 사진을 잘 찍어준 덕분이야."

그녀는 잘 나온 사진들만을 모아 자신의 인스타그램 피드에 사진을 게시했다. 이번에 발매된 싱글 곡을 배경음악으로 넣고, 윤휘의 아이디도 태그했다. 게시물이 올라가기가 무섭게 좋아요와 댓글이 달리며 많은 이들이 반응해 주었다. 지켜보던 윤휘는 감탄했다.

"야 반응 미쳤다. 너 지금 팔로워 얼마나 돼?"

"응. 그 영상 올라가고 나서 좀 늘긴 했어."

그녀의 팔로워 수는 예전보다 많이 늘어 있었는데 팔로우한 계정을 보니, 젊은 층이면 이름만 들어도 알 만한 아티스트 몇몇도 있었다.

"야. 너 인플루언서 다 됐다."

다시금 세린에게 거리감이 느껴지는 순간이었다. 이럴 때 보면 '음악만 안 했어도 나는 세린에게 말도 못 걸었겠지. 아마 상대도 안 해주지 않았을까.'라는 생각이 들기도 했다. 새삼 음악을 해서 다행이라는 생각이 들었다. 너무 자신을 낮춰 보는 게 아닌가 싶기도 했지만, 꼭 그렇다기보단 그냥 사는 세상이 딱히 접점이 없어 보였다.

"아마 우리가 고등학생 때 같은 반으로 만났거나 했다면 넌 나랑 안 놀았을 거야."

"갑자기 그런 생각은 왜 한대."

"그냥 … 포지션상 그랬을 거야. 난 조용하고 별 볼 일 없던 사람이었으니까."

"그래도 그건 모르는 거지. 너가 그렇게 좋아하는 피시방에서 만날 수도 있지."

그 말을 듣고 학창 시절을 떠올려보니 그런 것 같기도 했다. 학교가 끝나고 교복을 입은 채로 친구들이랑 피시방에서 게임을 하고 있다가 뒤를 쳐다보면 여자애들이 앉아서 스마트폰을 하고 있기도 했으니까. 그래도 그 여자애들이 딱히 나를 보러온 건 아니었다. 그냥 남자애들이 매일 거기 모여 있는 걸 알고 오는 것이었다.

세린이 말했다.

"이제 내려가자. 여기서 더 할 일 없어."

"응. 알겠어."

둘은 카페를 나와서 케이블카를 타고 내려가기로 했다.

두 사람이 탄 케이블카는 운행을 시작했고, 내려가며 밑으로 보이는 풍경은 감탄을 자아냈다.

"윤휘야. 진짜 예쁘다. 이것도 찍어야겠다."

세린이 스마트폰을 들고 밖으로 보이는 풍경을 찍었다.

"그러게. 정말 예쁘다."

윤휘가 세린의 얼굴을 보며 말했다. 천천히 내려가는 케이블카 안에서 밤 풍경을 내려다보며, 두 사람은 금세 감상적인 기분에 젖어들었다. 김윤휘는 분위기에 감화되어 나지막한 목소리로 그녀의 이름을 불렀다.

"세린아."

"응?"

두 사람의 눈이 마주쳤다. 이런 분위기에서 얼굴을 마주 보니 이상하게 심장이 두근거렸다. 윤휘는 세린의 한쪽 시야를 가리는 앞머리를 손으로 넘겼다.

"있잖아. 우리가 각자 다른 삶을 살고 있어도 난 너랑 계속 같이 있고 싶어. 난 이제 너가 옆에 없으면 안 될 것 같아. 너가 없다고 생각하면 힘들어. 사실 몇 주 동안 보고 싶어서 너 생각만 했어."

마음속 깊은 곳에 있던 말이었지만, 분위기에 휩쓸려서 그만 속마음을 말해버렸다. 진심으로 크게 당황한 세린은 아무 말도 하지 않았다. 그저 심장만 미친 듯이 뛰었다. 한동안 말없이 서로를 쳐다보았고, 그 순간만은 시간이 멈춘 듯했다. 윤휘가 천천히 몸을 돌리며 서로의 얼굴이 가까워졌다. 세린도 눈을 감으려던 순간, 앞을 보니 케이블카가 거의 도착하기 직전이라는 걸 깨달았다.

"잠깐!"

세린이 앞을 바라보며 소리쳤다. 윤휘도 놀라며 세린의 시선이 향한 곳을 보고 이미 지상에 거의 다 도착했다는 걸 확인했다.

두 사람은 케이블카에서 내리고 난 뒤 아무 말도 하지 않았다. 세린은 한 발짝 정도 앞에서 걸어갔고, 윤휘는 뒤를 따랐다. 어디를 가는지도 묻지 않았다. 그녀는 가까이에 있는 공원 쪽으로 걸어갔다. 인적도 드물고 일정 거리마다 가로등 불이 켜져 있는 산책로였다.

어색한 적막이 흘렀다. 그저 걸었다. 세린이 먼저 윤휘의 손을 잡았다. 윤휘는 순간 지진이라도 난 듯 시야가 흔

들렸다. 꿈꾸고 있는 기분을 느꼈다. 손 한 번 잡은 게 이렇게나 떨릴 일인가 싶었다. 상황이 상황인지라 그렇게 느껴졌다. 그는 많이 놀랐지만, 한숨을 한 번 내쉬고는, 이내 미소를 지었다. 내심 다행이다 안심하며 껄껄 웃었다. 세린도 배시시 웃으며 입꼬리가 내려가질 않았는데, 윤휘가 웃어서 따라 웃은 것일까. 그 웃음의 의미는 알 수 없었지만, 그 모습이 영락없는 순정 소녀였다. 조금 더 걸어가다가 윤휘가 말했다.

"만약에 있잖아. 만약에 내가 500살까지 산다면 있잖아… 나는 만화가가 되었을 거야. 만화 보는 걸 좋아하니까. 그리고 프로게이머가 되었거나 스트리머를 했을 거야. 게임하는 것도 좋아하니까. 그리고 … 서울대를 가고 … 물리학자도 되었을 거야 … 어렸을 때 막 과학 잡지 같은 것도 보고, 뭐 … SF 영화를 보거나 … 다큐멘터리 보는 것도 좋아했거든. 우주나 아인슈타인에 대한 거 있잖아. 하하…."

윤휘의 뜬금없는 말에 세린은 긴장이 풀리며 어이없어하며 웃었다.

"가끔 엉뚱한 소리를 한다니까. 길어야 100살이야. 뭔가를 할 기력이 있는 시간도 얼마 되지 않고."

"하하 … 맞아. 시간은 금방 흐르고 인생은 너무 짧아. 다 엊그제 같은데, 어디로 갔나 싶지.

꼭 무언갈 선택하고 다른 걸 포기하고 … 잃어야 하는 삶이야 … 그런 삶에서 내가 하는 건, 너를 생각하면서 노래를 만드는 거야."

verse B

당신이 없으면
모든 것이 회색입니다

일상에서 피어난 사유의 꽃

언어로 노래하고 음악으로 말하다

나는 음악을 통해 세상과 소통해 왔다. 건반 하나와 노트북 한 대가 나의 캔버스이고 팔레트였다. 쓸쓸한 저녁, 창밖으로 흘러나오는 새소리조차 언어로 다가왔다. 내가 보고, 느끼고, 생각하는 것이 언어로 변해 내 마음에 새겨졌다.

떠오르는 것들을 글로 마구 적었다. 일기장에 때로 욕설까지 포함해 나의 생각과 감정을 솔직하게 옮겨담았다. 이는 나에게 내가 표현하고자 하는 메시지의 본질에 대해 고민하게 만들었다. 그리고 난 그것들을 정리하고 정제된 형태로 세상에 내보냈다.

나는 내가 쓰는 글을 음악이라는 모두가 이해할 수 있는 언어로 번역했다. 언어는 비로소 음악이 되었고, 음악은 언어에 의미를 부여했다.

 이 창작 과정은 나에게 새로운 창의력을 부여했다. 음악 속에 글을, 글 속에 음악을 담으며, 두 매개체가 서로를 반영하고 강화하는 새로운 예술의 형식을 발견했다. 내 음악의 본질을 깨닫고, 그 본질을 언어로 변환시킬 수 있었다. 음악은 내가 세상과 대화하는 방법이었고, 글은 그 대화를 깊이 있게 확장하는 도구가 되었다.

 하지만 음악만으로는 담아내기 힘든 무언가를 느꼈다. 이제 음악이라는 한정된 캔버스를 넘어, 글이라는 무한한 공간으로 나아가려 한다. 앨범을 내는 게 나의 음악적 여정이었다면, 이 책은 그 여정을 단어로 옮긴 에세이다.

 이 프롤로그를 통해, 독자들에게 이 책이 단순히 음악이나 글에 관한 것이 아니라, 어떻게 두 예술이 하나의 영혼을 담아낼 수 있는지에 대한 탐구라는 점을 분명히 하고 싶다. 나의 여정이 여러분에게 영감을 주길 희망한다.

끝으로, 이 책을 쓰는 데 많은 도움을 주었던 사람에게 감사의 말을 전한다.

세린에게,

같이 음악을 만들었던 너와의 만남은 나에게 있어서 예상치 못한 변주였어. 신기했어. 너의 말을 듣고 있으면 꼭 좋은 음악을 듣고 있는 것 같았거든. 너의 말투를 나도 모르게 따라 한다는 느낌을 느꼈을 때, 사실은 좋아하고 있었던 게 아닐까 생각했어.

너는 나랑은 많이 달랐어. 우리가 만난 건 상반된 색깔을 가진 두 세계의 충돌이었지만, 그 충돌이 더욱 풍부한 표현을 가능하게 했어. 세상이 물들어가는 것을 보면서, 회색 세상에서 살았다는 것을 깨달았어. 너는 나에게 많은 것을 알려준 사람이야.

이 책을 쓰면서 끊임없이 너를 생각했어. 너의 목소리, 너의 웃음, 심지어 너의 고민까지도 내 글의 일부가 되었어. 너가 없었다면 이 책의 많은 부분이 공허한 채로 남았을 거야.

시간은 멈춰주지 않지만, 나는 계속 반항할 거야. 아름다운 것은 잊혀지지 않아. 좋은 것은 변하지 않아. 영원히 마음속에 살아 있을 테니까.

시간 속에 흩어진 감정의 파편들

기억이 가지는 질감

너무 당연하게도, 지금 당장이라도 다시 닿을 수 있을 것만 같은 느낌이다.

어떤 과거는 몇 년이 지나도록 몽롱하고 희미한 꿈처럼 남아 있다.
다시 그런 일은 없겠지?

울고 나면 예뻐지는 이유

울고 난 후 예뻐진다.
사슴의 눈망울처럼 더욱 맑고 깊어 보인다.

울고 나서 후련하고 차분해져 있을 때

눈가는 촉촉하게 반짝이며, 깊은 감정의 여운을 품은 듯하다.
마치 세상의 소란함을 잠시 내려놓은 듯한 차분함이 느껴진다.

울고 난 뒤의 눈은, 마치 이해와 공감을 구하는 듯한 깊이를 품는다.
슬픔과 애정이 교차하는 옅은 미소를 띤 그 눈빛은 무언의 위로와 사랑을 전한다.
외로움과 쓸쓸함, 그리고 그 안에 담긴 애틋함까지도.

잊혀진 꿈의 잔상

난 왜 그렇게 사소한 것들에 진심이었을까.
지금 와선 아무것도, 아무 사이도 아니게 되었다.
그 모든 열정과 진심은 흔적도 없이 사라졌다.
나만 바보가 되었다.

그것들은 다 내가 지어내고 상상한 것들이거나 무슨 꿈을 꿨었던 것처럼 되었다.
처음부터 그런 적은 없었던 듯이 현재로부터 동떨어졌다.
분명 그런 일이 있었고 감정도 남아 있는데.
모두가 현실을 살아가는 동안 나만이 과거에 머물며 바보가 되어간다.

도시는 사라지고 새로 생기는 것들에
무뎌져 있고 정을 주지 않는다.

인생은 혼자인데 사람은 약하다.
이젠 뭐가 맞는 건지도 모르겠다.

어린이의 감정은 어른이 되면서 무뎌진다.
나는 지나간 옛날 노래를 듣는다.

내가 느끼고 경험한 것들을 표현하고 싶다.
설령 세상이 얼마나 무뎌졌든, 사람들의 마음을 설득시키고 돈을 벌어야겠다.
나는 여전히 믿고 싶다. 인간의 마음이 완전히 무뎌지지는 않았다고.

있었는데 없었다

깨고 나면 잊어버리는 꿈처럼
인생의 한 부분이 하나씩 사라지는 공포를 느낀다.

괜찮지 않았는데. 괜찮아도 되는 걸까.
무엇을 잊어버렸는지도 잊어버린 것 같아서

사유와 감성의 조각들

자신의 의견을 말할 때, 우리는 종종 무의식적으로 타인의 생각과 말을 차용합니다.
"내 생각은…"이라고 시작하는 말이 때로는 이미 다른 곳에서 들은 아이디어일 수 있습니다.

실제로 우리의 지식과 생각 대부분은 문화적 유산과 현대 기술, 특히 인터넷의 영향을 받습니다.
인터넷이 사라진다면, 우리는 얼마나 많은 지식을 스스로 생산할 수 있을까요?
내가 알고 있는 것 중에서 나 혼자만의 발상이었던 것이 얼마나 있는지 생각해 보아야 합니다.

예수 탄생 시기의 로마에 떨어진다면 치트키 인간이 되어 부자가 될 수 있을까요?

고대 로마가 발달한 건축 기술과 사회 체계를 보면, 그 시대에도 이미 광범위한 지식과 기술이 존재했습니다.
시멘트로 공사한 콜로세움이 있었고, 목욕탕과 하수 시설이 있었고, 국가론이 있었습니다.

개인적인 생각도 나의 천재적인 두뇌에서 나온 번뜩임이 아님을 인정하고,
자신의 생각을 겸손하게 표현할 필요가 있습니다.

실루엣

꿈의 무대에서 현실로 걸음을 옮긴다.
그 꿈들이 얼마나 황당했는지 깨닫는 순간, 나는 당혹스러움을 느낀다.
불가사의한 사건들이 내 머릿속에서 실재한 듯하다가도, 정신을 차려보니 모든 것이 앞뒤가 맞지 않고 터무니없는 것으로 변해 있다.

그럴 수밖에 없다. 이 모든 것은 무의식에서 기인한 것이니까.
이 무대 위에서 펼쳐진 무의식의 연극은 결국 난해한 흐름의 나열에 지나지 않는다.
꿈속의 창조물처럼, 무의식에서 나오는 것들은 이치에 맞지 않는다.

무의식의 심연에서 건져올린 영감과 아이디어들은 의식의 손을 거쳐 다듬어지고 형태를 갖추게 된다.

현실에 발을 딛고 서기 위해서는 타협과 조정이 불가피하다.

그럼에도 불구하고, 우리가 진정 꿈이라고 부르는 것,
나의 이상적인 자화상은 그대로 실현되기를 바란다. 그 순수한 모습을 유지하려 노력한다.
그림에 거짓이나 불순물이 섞이면, 원래의 색은 흐려지고, 결국 그 의미는 무엇인지 알 수 없는 미궁에 빠진다.

어느 노래 가사처럼
하고 싶은 게 없다는 건 없다.
하기 두려운 것이다.

인류는 말도 안 되는 것들을 실현시켜 왔다는 것을 상기해야 한다.

사실 할 수 있느냐 없느냐의 문제가 아니다.
그 이상이 자신이 어떤 존재인지를 결정하기 때문이다.

조용한 호수에 떨어진 돌멩이

일상

일상이 뭘까.
갑자기 그게 갖고 싶다는 생각이 들었다.

왜 이러지.
일상은 지루하고 재미없고 시시한 것인데.

전쟁같이 분투해서 얻어내고 싶은 게 그런 것일까?

방학 계획표

노력이란 말을 별로 안 좋아한다.
마치 방학 계획표처럼 삶을 인위적으로 개조하려는 듯한
인상을 준다.
해야 하니까 한다는 그런 뉘앙스가 있다.

사랑을 노력할 수 없는 것처럼 내 행동의 동기는 의무감
에서 비롯된 것이 아니다.
내면에서 나오는 것을 사는 것이다.

17세

사람은 17세에서 변하지 않는다
사람은 경험을 통해 계속 성장하고 변화하지만, 그 근간에는 항상 17세 때의 자신이 있다.
깊은 내면의 핵심은 그 나이에 형성된 것을 바탕으로 한다.

깊은 심심함

아무것도 하지 않을 때, 마음은 자유롭게 여행을 시작한다.
기억의 심연에서 떠오르는 옛 생각들,
마음을 스치는 노래 한 구절.
이 모든 것이 나의 내면과 대화를 나눈다.

그 수면 안에서 앞으로 무엇을 하면 좋을까? 라는 생각이 떠오른다.
무의식의 물음에 나의 의식은 계획을 설정한다.

그 결과, 아무것도 하지 않는 시간이 길어질수록 계획만 늘어난다.
그것들은 뜬구름 잡는 망상들에 불과하다.

그 계획은 아무리 철저하고 상상 속에서는 완벽할지 몰라도
막상 실천 단계에서 많은 수정 과정을 거쳐야 한다.
변수는 계산되지 않기 때문이다.

하지만 정해진 테크트리를 타면 그러지 않아도 된다.

시험에 합격하면 되고 대학을 나오거나 자격증을 따면 된다.

무엇을 달성하면 되는지 어른들이 말하거나, 인터넷에 나와 있다.

쉽냐 어렵냐의 차이가 있을 뿐, 알려준 그대로만 하면 된다.

나의 앞엔 낙오자란 타이틀과 고리타분한 삶이라는 두 개의 십자가가 있었다.

나는 이미 클리어한 게임에 다시 접속하지 않는 편이다.

옛날이야기 같은 어느 평범한 날

코로나 이후.
거리를 걷고 있었는데,
과거의 화창하고 아름다웠던 날의 시공간 속에 들어와 있는 기분이었다.
꿈속의 한 장면인가 싶을 만큼 시간이 천천히 느껴졌다.
이 생동감.
내 방 안에서 지낸 시간이 얼마나 칙칙했었는지 가슴이 미어지도록 통렬히 절감할 수밖에 없었다.

나는 여기 술 마시러 왔고 별것 아닌 게 재밌었다.
왜인지는 모르겠는데 그냥 그러고 있는 게 재밌었다.

계속 놀고 싶다.
그 시간 위에 이 시간을 덧씌우고 싶었다.

근데 돈 벌어야 하거든.

어쩌면 이 나이 그곳에 있기 위해 돈이 필요한 게 아닐까?

가나가와 해변의 높은 파도 아래

어제도, 오늘도, 단지 바쁜 일상 속에서 흘러갔다.
시간이라는 개념, 계절의 변화, 그리고 사람들과의 만남,
그곳에 있는 나.
모든 것이 순간적인 거품처럼 느껴졌다.
맥주 거품에 입만 대보는 것 같았다.

어제 같은 오늘이었고, 내일도 오늘 같다면, 그것은 무엇일까.

버티는 삶도 훌륭하다지만, 그게 삶인가?
버티다 보면 버티는 것만으로도 지쳐간다.

똑같은 페이스를 한결같이 유지하는 것도 훌륭하지만,
성공 확률이 낮은 도박을 감행해야 할 때가 있다.

내가 가려는 곳이 말도 안 되는 곳에 있다면, 말도 안 되

는 방법이라도 찾기로 했다.

새로운 흐름은 예기치 않게 찾아오니까.

영혼의 지도를 그리며

memory lane

나는 자기 자신을 위해, 그리고 자기 자신을 사랑하기 위해 산다.
그러나 진정한 자기 사랑이란 무엇일까?
그것은 어떻게 해야 하는 것일까?
그것은 자신을 깊이 이해하고, 자신을 존중하며, 주어진 삶에 감사할 줄 아는 능력에서 비롯된다.

우리가 존재하는 것 자체가 기적이다.
우리는 고통과 욕망이라는 인생의 본질적인 운명을 타고나지만, 이를 어떻게 받아들일지 선택할 수 있다.
이는 삶을 저주로 볼 것인지 축복으로 볼 것인지의 선택이며, 이 선택이 우리의 삶에 방향을 제시한다.

삶에는 목적이 필요하다.
물질적인 목표는 이룰 수 없을 뿐만 아니라, 영속적인 행복을 가져다주지 못한다.

우리는 내면의 목소리에 귀를 기울이고, 자신이 진정 되고 싶은 사람이 무엇인지, 어떤 가치를 실현하고 싶은지를 찾아야 한다.
이러한 자기 발견의 과정이 바로 자기 사랑을 실천하는 길이다.

우리는 시간과 삶을 바쳐 꿈을 추구해야 한다.
우리의 삶과 죽음은 우리가 무엇을 위해 살고, 무엇을 위해 죽을지에 대한 결정과 직결된다.
진정 원하는 것을 향해 나아가는 것, 그것이 바로 우리 존재의 의미를 완성하는 길이다.

사랑과 감사는 이 여정에서 우리를 지탱해 주는 원동력이다.
타인의 인정을 갈망하기보다는 자신을 진정으로 사랑하고, 자신의 가치를 믿으며, 주어진 삶에 감사하는 마음을 품을 때, 우리는 진정한 평화를 경험할 수 있다.

나는 살아 있지만 죽은 사람의 표현을 쓰고 있고, 죽은 사람의 의지를 계승받았다.

원시인과 같지만 21세기에 태어났다는 이유로 문화의 세례를 받아, 거인의 어깨 위에서 세상을 바라보고 있다.

이를 다음 세대로 전달하지 못한다면 그 모든 것이 진정한 의미에서 사라진다.

과거 세대로부터 이어받은 가치를 다음 세대로 전달하는 것이 우리의 책임이며, 이 과정에서 우리는 삶의 깊은 의미를 발견하게 된다.

결국, 우리는 삶을 더 나은 곳으로 만들기 위해 노력해야 한다.

나를 믿어준 이들에게 보답하고, 내가 깨달은 지혜를 나누며 세상에 긍정적인 변화를 가져오는 것, 그것이 우리가 살아가는 이유다.

이 모든 것의 구체적인 실천법으로서 나는 돈을 벌어야 한다.

돈을 벌기 위해서 돈을 버는 것이 아니다.

내가 중요하게 생각하는 가치를 돈이 되는 일로 만들고,
그 일을 해야 한다.

흔들리는 갈대

나는 강해지고 싶지 않다.
잠언이나 철학을 읊으면서 성인인 척, 현자인 척 깨달은 척하기도 싫다.
인생은 아무것도 아니고 덧없다고 노인네처럼 말하기도 싫다.
통달한 척 해탈한 척하기도 싫고, 똑똑한 척 객관적인 척 어른인 척하기도 싫고,
찐따들처럼 쿨한 척하거나 냉소적이기도 싫다.
현실적이기도 싫다.

나는 흔들리는 갈대가 되고 싶다.
그러지 않으면 생기를 잃고 말라비틀어질 것 같다.
내가 하고 싶은 거 할래.

마음의 풍경을 거닐며

생각이라는 것도 물리적인 작용이다.
물질적 실체가 있어야만 존재하는 것은 아니다.

우리가 상상한 것은 존재한다고 볼 수 있을까?
상상은 어디에서 일어났고, 어떻게 내가 그것을 볼 수 있는 걸까?
그것들은 어디로 가는 걸까. 사라졌거나 저장되어 있을 것이다.

인간은 상상을 끌어내서 현실에 구현할 수 있다.
우리가 상상한 것이 실체화될 가능성을 지닌다면, 그 상상은 어떤 형태로든 존재한다고 볼 수 있지 않을까?

슈뢰딩거의 고양이처럼.

곤조

나의 의지는 약하기에 곤조가 있어야 한다.
어떤 상황에도 하나만 기억하면 된다. 일이 단순해진다.
세상 모든 사회운동은 외치는 구호가 있다.

나의 모든 생각을 관통하는 하나의 뜻을 초지일관 시종일관 관철해야 한다.
그때 나는 무아지경에 다다를 수 있다.

자신을 몰아세워야 할 때가 있다.
생각을 적게 하고 감정을 느껴서도 안 될 때가 있다.
멈추면 다시 시동을 걸어야 한다.
쉬는 기간이 길수록 시동을 걸 때 더 많은 연료를 소모한다.

가끔 욕구가 다른 일을 시켜도 목적을 향한 의식만은 또렷했다.
내가 여자랑 놀든, 취해 있든, 좀 기분이 안 좋든 간에 무너지지 않을 수 있다.

그게 마음의 중심을 지키고 있었기 때문이다.

그건 취미로도 할 수 있잖아

플랜 B는 오히려 우리를 더 위험한 상황으로 이끌 수 있습니다.
한 가지 일에 집중할 때, 성공할 확률은 자연스럽게 높아집니다.

실패에 대한 두려움 없이 도전하는 것은 때로 더 큰 성공을 가져올 수 있지만,
안전망이 있다는 것을 알고 있으면, 우리는 덜 과감해지고 도전적인 태도를 잃을 수 있습니다.

한 그루의 나무

죽어서 떠도는 유령.
투명인간이거나 길고양이 같은 존재가 된 듯한 기분을 느낀다.

의미를 잃었을 때 자유는 저주가 된다.
무엇을 하든 공허하다.

자유를 박탈당하더라도 어딘가에 있으면 차라리 나을 수도 있지 않을까 하는 기분을 느낀다.
그곳이 교도소라고 할지라도.

인스타에 접속하지 않으면, 스토리를 올리지 않으면 잊혀지는 기분을 느낀다.

오늘따라 내일 세상이 망해도 한 그루의 나무를 심겠다는 말이 와닿는다.

나에게 남은 시간이 얼마 없더라도 할 일을 하겠다.

방황하는 것보단 그게 낫다.
내가 지금 시발 뭐 하고 있는 건지 모르겠다.

사랑의 다채로운 얼굴

꽃

꽃이 피었다 지는 것은 순리입니다.
영원히 아름다움을 간직한 채 살아가고 싶지만 그건 불가능합니다.

사진기가 있지만 꽃밭에 가서 꽃을 봅니다.
왜일까요.

지금 이 순간 돌아오지 않을 아름다운 한순간을 함께하기 때문입니다.
보고 있으면 덧없는 아름다움에 마음 한편이 울적해집니다. 무겁게 내려앉습니다.
그 꽃을 위해 내가 할 수 있는 건 바라보는 것입니다.

악마가 말하길 내가 그녀에게 평생을 빚졌다네요

좋아하는 마음은 아무런 소용이 없다는 걸 알았어.
널 가지려면 돈을 더 벌어야 할까?

돈을 벌면 그땐 내 맘 알까.
물론 그러지 않아도 돼.
돈은 여기 있어. 그냥 옆에 있어주면 돼.
굳이 내 앞에선 연기 안 해도 돼.

단지, 네가 있어주는 것만으로, 모든 게 괜찮을 거라고 스스로를 속이는 중이야.

sweetest demon

왜 너를 잊을 수 없을까?

네가 내 마음을 밟고 지나가도 나는 아무런 말도 못 해.
내 사랑은 언제나 어리석고 비참한 것 같아.

shawty don't leave me

사랑이 무너진 내 마음을 채웠나요?
아니면 무너지게 했나요?

제발, 내 옆에 있어주세요.

이유 없이 나를 사랑할 수 있나요?
그냥 나 때문에 사랑해줄 수 있을까요?

사랑은 없다고 믿지만 왜 이게 나를 찢어버리고 있을까요?
그냥 떠나지 마세요.

숨을 쉴 때마다 나는 점점 약해지고 있어요.
날 죽게 내버려두지 마세요.

파티장 밖, 당신과 함께 차 안에서 담배를 피우고 있습니다

사랑은 무엇인가.
남자는 여자를 사랑하는 것일까. 여성성을 사랑하는 것일까.
쇼펜하우어와 니체에 따르면 사랑은 없다. 사랑은 성욕이다.

성욕은 많은 행동의 목적과 동기부여가 되고,
영감을 주고 예술로 승화시킬 수도 있다.
노래, 미술, 문학 등이 해당한다.

우정과 모성애는 있을 수 있다.
남녀 간 우정과 성욕을 편의상 사랑이라고 구분 지어 부르는 것이다.
크게 보면 이것들 모두 사랑이라는 범주 안에 속한다.

어리석다.
왜 우리는 존재의 가치를 타인에게서 찾으려 하는가?
왜 존재의 이유를 타인에게 묻고, 존재하지도 않는 진정한 사랑을 추구하는가?

내 존재는 나 자신에게 중요하며, 내 인생의 의미는 내가 스스로 정할 권리가 있다.
성욕과 외로움을 채우려는 것은 감정의 낭비다.
그러지 못하는 건 유약하기 때문이다.
우리는 모두 어느 정도 취약하며, 이것이 바로 인간적인 것이다.

왜 알면서도 공허할 뿐인 관계를 시작하고 끝내는 걸까.
나의 욕구와 본능은 내가 선택한 게 아니고, 그것을 거스를 수는 없다.
받아들이고 행동하는 것이 자연스럽다. 그저 그러면서 나를 알아갈 뿐이다.

쏟아지는 비를 맞으며

새로운 사랑의 문을 열기엔
지우지 못할 상처가 남아 있어.

후회와 미련이 마음에 남아 아파.
만약 지금 우리가 만났다면 어떨까.

내 여자로 만들었을까?
생각하면 아련한 감정이 흐르고, 가슴이 아려.

그래서 마음을 덮을 수 있는 새로운 이야기를 원해.
나는 좌절과 상실의 노래를 불러.

난 불안정하고 약한데 간신히 살아.
괜찮은 척 안 해 어른은 못 돼.

흐르는 눈물을 주체할 수가 없어. 마음이 미어져 가라앉고 있잖아.
나 혼자 어떡하라고. 나 따위 상관없겠지만 말이야.

망가진 내 모습을 봐.
나는 락스타가 될 거야.

여름까지 산 꼬마 눈사람

그는 존재 자체로 나의 삶을 의미 있게 만들었다.
그를 위해, 나는 모든 것을 포기할 수도 있었다.

살아가는 이유와 헌신하는 대상은,
실상 같은 문제에 대한 두 가지 시선이다.

꿈과 사랑은 무감한 인생에 생동감을 부여한다.
그 덕분에 경험한 행복은, 지금의 아픔과 그리움을 낳는다.

그 시간이 좋았기에, 이별은 더욱 비극적이다.
아름다웠던 순간들은 고스란히 슬픔으로 변한다.

나는 너무 아파서 견딜 수 없을 것만 같다.

내가 500살까지 살 수 있었다면

나는 만화가가 되었을 거고,
프로게이머를 하거나 스트리머가 되었을 거고,
서울대를 가고 물리학자도 되었을 거야.

근데 시간은 빠르게 흐르고 인생은 짧아.
꼭 무언가를 선택하고 다른 걸 잃어야 하는 삶에서,
내가 지금 하고 있는 건,
널 생각하면서 노래를 만드는 거야.

자아를 비추는 사회의 거울

진흙 속에서 피는 꽃

주변에는 내 발전을 방해하고 내 에너지를 빼앗는 사람들이 있었습니다.
그들은 하이에나 같았고, 때때로 나를 지치게 만들었습니다.

진흙탕 같았습니다.
이곳에 오래 머물수록 벗어나기 힘들 것만 같았습니다.
내딛는 걸음마다 푹푹 빠져서 나아가기 힘들었습니다.

어른은 없고 반면교사는 많았습니다.
모두가 자기 한계를 스스로 만들고, 그 안에 갇혀 살아가는 듯했습니다.

사람들이 긍정적인 말을 들어도 단순한 구호로 받아들였습니다.
큰 꿈을 꾸는 것을 현실도피로만 여겼고, 자신의 삶에서 그런 일은 일어나지 않을 것이라고 단정 지었습니다.
좋은 차가 지나가면 손으로 가리켰지만, 큰 건물을 보고는 그러지 않았습니다.

나는 어느 교육자가 말했던 것처럼 실없이 웃고 다니는 낙천적인 바보였기 때문에 다르게 생각하기로 했습니다.
내가 원하는 삶은 분명 실제로 가능하지만 어떻게 해야 하지를 내가 아직 모를 뿐입니다.
분명 어딘가에 있지만 내가 아직 모를 뿐입니다.
나는 나만의 답을 찾기로 했습니다.

마음이 가난한 사람

사소한 일에도 쉽게 상처받고,
타인의 말투나 작은 행동에도 민감하게 반응합니다.
마치 시한폭탄처럼, 조금만 건드려도 감정이 폭발합니다.

화가 많아서 금세 기분이 상합니다.
다른 사람의 성공 이야기에도 쉽게 질투하며,
그런 감정을 다스리는 것이 힘듭니다.

자존심이 강하고, 때로는 그것이 대화를 어렵게 만듭니다.
상대의 말을 왜곡하거나, 상황을 희화화하며,
대화의 본질을 흐리려 하기도 합니다.

낯선 곳

미디어는 나를 낯선 곳으로 데려다주었다.
음악은 나를 낯선 곳으로 데려다주었다.
책은 나를 낯선 곳으로 데려다주었다.
낯선 곳은 이곳을 낯선 곳으로 만들어주었다

부동산과 코인

사람들이 투자가 아니라 돈놀이를 하고 있다는 걸 느꼈다.
가치는 사람에게서 나오지만, 때로 진정한 가치를 간과하게 만든다.

좋은 인간보다 돈 많은 인간이 되는 게 중요할까?
위인은 돈으로 증명할 필요가 없다.
계좌에 0원이 있든 100억이 찍혀 있든 이름 세 글자로 설명된다.

클래스는 없는데 돈만 많다면 자신을 증명할 만한 게 돈밖에 없다.
그건 멋있지가 않다.

물론 래퍼들이 돈 자랑하는 건 다르다.
돈 자랑에 서사가 있으니까 단순히 돈만 자랑하는 건 아니다.

재능의 다양성

어중간한 재능, 어중간한 천재는 없다.

다양성 속에서 단일한 기준으로 우열을 나누는 것은 의미 없어진다.
또 한 가지 기준으로 사람을 평가했을 때의 위험성은, 다양성이 없어진다는 것이다.

천재는 창의적인 기질을 타고난 사람을 말한다.
천재를 평가할 수 있는 평가 기준은 없다.

사고하는 것

암산과 생각이 비슷하다.

생각을 이어나가고 발전시키는 것이다.

물꼬를 트고 꼬리에 꼬리는 무는 생각이다.

그것으로 인해 사고력이 발달하고, 전두엽이 발달한다.

반면 즉각적, 단편적, 간헐적, 산발적인 생각 찌꺼기는 부산물에 가깝다.

이것은 집중의 산물이 아니다.

거짓 속에서만 만날 수 있는 너

가상과 현실은 구분해야 할까.
아니면 둘 다 진짜일까.

게임에 빠진 폐인은 생활이 없을까?
그는 생활하고 있고, 현실을 살고 있다.

서버가 종료되면, 세상의 종말일까.
그렇다. 꿈에서 깨어난 것이 아니다.
그곳에서 경험한 것은 진짜다.

인간은 원래 허구를 믿는 존재다.
돈이든 뭐든 실제 현실도 많은 허구로 가득 차 있다.
가상공간도 진짜라고 믿으면 진짜가 된다.

심지어 삶의 의미를 찾을 수 있다.
스스로 목적을 정하고 그것을 성취하는 것, 자아를 실현하는 것도 가능하다.

분명한 차이점 하나가 있다면 한계의 유무다.
미개척지는 밖에 있다. 설계자도 현실에 있다.

인간은 대상 인지가 아닌 메타인지를 할 수 있기 때문에 얼마든지 제자리로 돌아올 수 있다.
그 제자리는 항상 현실이다.

메타버스에서 모든 게 가능하다며 호들갑이지만 바뀔 건 없다.
이미 인터넷이라는 현실을 살고 있다.
거기에 시각적 효과 껍데기를 입힌들 본질은 같다.

하나님은 용서하시지만 전 안 합니다

위기의 순간, 생사의 갈림길에서
낙관적이고 초연하고 의연한 태도를 유지할 수 있을까?
평정심 속에서 이성적인 판단을 내릴 수 있을까?
감정의 소용돌이에 휘말리지 않고 냉철하게 결정할 수 있을까?

내 생각과 달리 나는 해당되지 않았다.
난 나를 잘 몰랐다.
난 객관화도 안 되는 사람이고 생각만큼 낙관적인 사람도 아니다.

나는 최악의 상황에서 부정적인 집착에 빠졌고,
주변을 암울하게 만드는 약한 자신을 발견했다.

어렸을 때의 나는 긍정적인 게 아니라 현실감각이 둔했던 것이다.

그냥 잘 몰라서 그랬던 것이다.

사람은 극한의 상황을 겪기 전까지,
자신이 어떤 인물인지 정말 모른다.
자신에 대해서 제대로 된 평가를 할 수 없다.
내가 어떤 상황에서 이렇게까지 할 수 있구나 라는 걸 그 상황에 직면하기 전엔 모른다.

지금 나는 되는대로 행동하고 있고, 다 때려 부수고 싶다.

사고의 유행

내 생각은 내 생각이 아니다.
언어는 생각의 반영이며, 생각은 언어로 표현된다. 언어가 전염성을 지니듯, 생각 역시 서로에게 전달되고 영향을 미친다.

우리가 교류하는 사람들, 소비하는 미디어, 살아가는 사회는 모두 우리 생각에 영향을 준다.
따라서 우리의 욕구나 선호, 관심사는 자발적인 것이 아니라, 주변 환경이나 사회적 트렌드에 의해 형성된 것일 수 있다.

내가 하는 생각을 비슷한 시기에 남들도 하고 있다면, 그리고 이것이 반복된다면 단순 우연이 아니다.
유행, 트렌드, 여론 형성이라는 현상은 개인의 생각은 사회적 맥락과 무관하지 않음을 보여준다.

내가 오늘 먹고 싶은 음식, 무슨 영화를 볼까에 대한 고민, 여행 가고 싶은 장소, 좋아하는 음악 장르.
이런 것들은 전에 어디선가 이미 암시를 받은 것일 수 있다. 그게 무의식에서 발현된 것이다. 나도 모르게 모방하고 있는 것이다.

내 개인적인 취향이나 결정이라 여겼던 것들이 사실은 시대적 흐름이나 대중적인 영향을 받은 결과일 수 있다는 사실은 놀랍기도 하고, 때로는 당혹스럽기도 하다.
이는 우리가 자신도 모르는 사이에 특정한 사회적 인식의 틀, 즉 '에피스테메'에 따라 생각하고 판단하고 있다는 것을 의미한다.

마음의 도화지

짭

짭이라는 수식어는 긍정적이지 않다. 그러나 이 타이틀조차도 받기란 쉽지 않다.
퇴물이라는 말을 듣는 것도 어렵다. 그 말을 듣는 게 이미 인지도가 있음을 나타낸다.

대부분은 잉여 신세다. 핫바리라고 불린다.

아류작을 양산하는 것은 짭이나 하위 호환으로 불려도 솔직히 할 말은 없다.
하지만 그걸 만들려면 우선 오리지널에 대한 이해가 필요하다.
그리고 거기에 대한 해석이 들어간다면, 그것을 커버하는 것이다.
나이키는 오니츠카타이거의 제품을 미국에서 판매하다가 독자적으로 개발하게 되었다.

진정한 의미에서의 짭은 무엇일까.
문익점이 목화씨를 가져온 것이다. 이것은 도둑질이다.
왜일까?

기존의 관념에 다른 기존의 관념을 융합하여 복합적인 관념을 떠올리고 만들어내는 것과,
베끼는 것의 차이다.

그래서 일부 중국 업체의 모방이 창조의 어머니라는 개소리가 통하지 않는 것이다.

강박

어떤 행동에서 다른 행동으로 전환할 때, 전환점이라는 게 필요할 때가 있다.
시작과 종결. 맺고 끊음을 명확히 해줄 만한 구분 점이 되는 순간이 중요할 때가 있다.

예를 들어, 담배는 너무 간편한 맺고 끊음의 수단이다.
담배 한 대 피우고 하기로 나 자신이랑 약속했거든.

이때 쉽사리 어긴다는 것, 거부하는 것이 안될 것 같은 압박이 생긴다.
이를 어기면 죄책감과 스트레스에 시달리는 부작용도 동반한다.
이것은 강박관념을 이용한 자율적인 강박이다.

10년짜리 계획

이태원 클라쓰 박새로이는 10년짜리 계획을 세웠다.
그래서 그 이야기의 장르는 판타지로 분류될 수 있다.
하루짜리 계획도 실천이 어려운데 10년이라.

계획을 계획대로 하는 건 낭만이 없다.
계획이 틀어지고 위기가 와도 해내는 게 더 감동적이다.

니가 뭘 알아

존중과 이해는 서로 다른 개념입니다.
남의 기분을 함부로 이해하는 척, 다 안다는 듯이 굴면 안 됩니다.
초등학생 때 친구를 위로한답시고 너를 이해한다고 말했습니다.
그때 돌아온 답변은 니가 뭘 알아 였습니다.

그때 받은 충격을 잊지 못합니다. 맞습니다. 전 그 친구를 전혀 모릅니다.
왜 그러는지 이해할 수 없습니다. 그저 그럴 수도 있다고, 받아들인다는 식으로 존중해야 합니다.
모든 이야기에는 우리가 모르는 배경이 있습니다.

진정한 존중은 타인의 상황을 간단히 이해했다고 가정하지 않는 것에서 시작됩니다.
그 사람이 왜 그런 행동을 했는지, 나로서는 전혀 알 수 없다는 자세를 취해야 합니다.
왜냐하면 당사자가 아니고서야 무슨 맥락으로 그랬는지 알 수 없습니다.
본인 사정, 본인 처지, 본인 마음은 본인이 알고 있습니다.

이는 꼰대가 되지 않기 위한 중요한 태도입니다.
우리가 경험한 아픔과 상처는 다른 사람의 그것과 비교할 수 없습니다.
너만 힘드냐? 그건 아무것도 아니야. 나 때는 이랬어 라고 말하는 것은 타인의 경험을 경시하는 태도일 뿐입니다.

카카오톡

카카오톡을 처음 설치해 보았다고 합니다.
앱 하나 설치하는 방법을 모릅니다.
하지만 이분은 43살밖에 안 됐다고 합니다.

충격이었습니다. 이건 좀 심하다고 말해버렸습니다.
스마트폰이 보급될 때 이분은 30대 초반밖에 되지 않았습니다.

이 사실은 인간의 다양성을 상기시켜줍니다.

사람들은 초·중·고·대학, 직장 생활을 하며 비슷한 부류의 사람들과 어울립니다.
자신의 세계를 보며 다 그렇게 사는 줄 착각합니다.

세상은 우리가 알고 있는 것보다 훨씬 넓고, 다양한 삶의 방식이 공존합니다.

급식

우리는 급식을 먹을 때 더 똑똑하고 기민하며, 더 야비하고 영악할 수 있다.
감수성도 더욱 예민했다.
새로운 것을 받아들여야 했고 바뀌는 상황에 적응해야 했다.
나의 역할을 고민했고, 변화와 도전은 불가피했다.
교실을 들어서면 사회화가 덜 된 에너지 넘치는 인간들이 오늘은 또 어떤 사건 사고들을 일으킬지 주의를 기울이고 긴장해야 했다.

하지만 나이가 들면 단순해진다. 왜일까?
생활은 루틴화되고 점점 예측할 수 있는 범위를 벗어나지 않게 된다.
쉽게 말해서 재밌는 일이 좀처럼 안 생기기 때문이다.
사회가 나에게 톱니바퀴 역할을 요구하고,
그에 맞는 반복적이고 단순한 작업을 수행한다면 생각과

행동은 자동화된다.

인스타그램

실제 나는 중요하지 않다. 보여지는 내가 중요하다.
실제 내 모습이 어떠하든, 화장과 보정으로 완성된 사진을 올려서 관심을 받는 것이 중요하다.
그 관심이 바로 돈으로 연결되니까.
그것도 기술이다.
이것은 하나의 시각예술로 받아들여야 한다.

진짜 나? 그것은 이미 중요하지 않다.
사실 실제 나라는 것도 허상의 개념이다.
어릴 적의 나, 지금의 나, 미래의 나, 사진 속의 나, 동영상 속의 나, 기억 속의 나.
모든 것이 나다.
여기서 보편적인 나는 없다. 보편자는 존재하지 않는다.

사기? 만약 그것이 사기라면, 그렇게 인정해도 좋다. 그럼 어떤가?

거짓말이 없다면 예술도 없다.

최저시급

시급제 월급제가 진짜 위험한 게 받는 돈이 문제가 아니라 사람의 태도를 바꿔버린다.
잘해도 그럴 필요가 없으니까 주는 돈에 맞게 일을 한다.

거기에 익숙해지니까 예전처럼 하려고 해도 안 된다.
자기 일을 할 때도 이 관성이 유지된다.
어떤 경험을 누적시키는지가 정말 중요하다.

친구랑 쿠팡 알바를 갔다. 어떤 어린 여자는 일을 참 열심히 했다.
나는 그것을 이상하게 생각했다.
아니 쟤는 왜 열심히 하지? 최저 받는 건데.

우리는 돈만 보고 일을 하지 말고, 경험을 소중하게 생각해야 한다.
여기서 무엇을 얻어갈 수 있을까를 생각해 보아야 한다.

삼성을 창업한 이병철 회장님은 모든 인생에 낭비는 없다는 말을 남기셨다.

그냥 해 나이키

깊은 심심함은 새로운 것으로 전환하는 계기가 될 수 있고 창의성의 근원이라고 할 수 있다.
그러나 이게 그냥 머뭇거림이 되면 그 효과는 반대로 바뀔 수 있다.

생각할 시간을 너무 많이 주게 되면 하기 싫어진다.
그래서 나이키는 그냥 하라고 한다.

예를 들어 군대나 공장에서 사람을 빡세게 굴릴 때 생각할 틈을 주지 않는다.
쉬다 보면 도망치고 싶고 하기 싫어지거든.

영업 사원은 나에게 내일이면 마감이다, 끝난다고 한다.
그러니까 지금 합시다.

생각이 많다는 건 좋다.

우리는 무엇을 해야 할지, 이게 맞는 건지를 꼭 고민해야 하니까.
스스로 생각한 대로 살아야 하니까.

그러나 무엇을 해야 할지 알고 있다면 생각하지 말아야 한다.